떠나든, 머물든

LA VIE COMMENCE À 60 ANS

by Bernard Ollivier

ⓒ Editions Phébus, Paris 2008

Korean translation copyright ⓒ Hyohyung Publishing co., 2009

This Korean edition was published by arrangement with Editions Phébus
through Sibylle Books Literary Agency, Seoul.

국립중앙도서관 출판시도서목록(CIP)

떠나든, 머물든 : 베르나르 올리비에의 특별한 은퇴
이야기 / 베르나르 올리비에 지음 ; 임수현 옮김.
— 파주 : 효형출판, 2009
p. ; cm

원표제 : La Vie commence à soixante ans
원저자명 : Bernard Ollivier
프랑스어 원작을 한국어로 번역
ISBN 978-89-5872-086-7 03860 : ₩12,000

은퇴[隱退]

591.9-KDC4
646.79-DDC21   CIP2009003621

떠나든, 머물든

베르나르 올리비에의 특별한 은퇴 이야기

베르나르 올리비에 지음

임수현 옮김

효형출판

옮긴이의 말

한 통의 편지에서
모든 것이 시작되었다

베르나르 올리비에의 《나는 걷는다》가 출간된 지도 벌써 6년이 지났다. 출판사로부터 그 책의 1권을 처음 건네받고 번역을 시작했을 때, 그가 4년에 걸쳐 걸었던 1만 2000킬로미터만큼이나 역자譯者로서 갈 길이 멀게만 보였다. 그의 책 1권은 이란 국경에서 병이 나 프랑스로 송환되면서 끝이 났고, 내 작업도 거기까지였다. 그는 다음 해 다시 길을 떠났지만, 아쉽게도 그러나 기쁜 마음으로, 그의 나머지 여정을 역자가 아닌 독자로서 접하게 되었다. 여행기라면 으레 있어야 할 각 지역의 사진 한 장도, 관광지에 대한 설명조차도 없는 매우 '불친절한' 이 책이 출간되고 나서, 다른 나라에서와 마찬가지로 우리나라에서도 조용하면서도 꾸준히 화제가 되었고, 마침내 베르나르 올리비에는 '걷기 열풍'의 전도사로서 2004년에 한국을 방문하기까지 했다. 현대사회가 우선시하는 많은 가치—빠름, 이익, 효율성, 물질, 발전 따위—와는 다른 목소리를 내는 이 책이 독자에게 진솔하게 다가갈 수 있었던 이유는 무엇이었을까? 작가는 걷는 일이란 '나'를 향하는 길, 그리고 타인을 향하는 길이라고 말한 바 있다. 그리고 '몸'의 건강보다는 '정신'의 건강, 더 정확히 말하자면 그 둘의 조화를 강조한다. 실크로드의 여정과 체험을 통해 작가가 얻게 된 이러한 깨달음이, 자기 세계 속에 몸과 마음을 가둬버린 현대인에게 잊고 있던 '나'와 세상을 돌아보는 계기를 제공했던 게 아닐까.

《나는 걷는다》의 잔잔한 여운으로부터 어느 정도 거리를 둔 지금, 베르나르 올리비에는 《떠나든, 머물든》을 통해 다시 한 번 독자에게 화두를 던진다. 이 책은 실크로드 도보 여행의 전과 후를 연결해주고, 이제 일흔이 넘은 작가가 열어갈 새로운 세상을 예고해준다. "왜 걷는가?"에 이어 그가 새롭게 던지는 질문은 이제 "어디까지, 어떻게 걸을 것인가?"라고 할 수 있다. 그 길고 긴 실크로드는, 그에게 길의 끝이 아니라 원점으로 돌아와 다시 출발하는 계기가 되었던 셈이다. 그리고 그는 세월이 부여한, 사회 시스템이 구분한 '나이'에 대한 편견을 깨는 데서부터 시작한다. 이 책의 원제 '인생은 60에 시작한다'가 분명히 밝히듯, 그는 평범하다 못해 진부하기까지 한 이 명제를 전력을 다해 실천함으로써 그 참뜻을 전달하고자 한다. 그리고 사회의 각 세대, 각 구성원에게 묻는다. 동서양을 통해 너무나 당연한 현상이 되어버린 '고령화 시대'를 살아가면서, 우리는 정말 그 무게를 느끼고 있을까? 사회보장보험이나 연금, 의료 보험 같은 제도적 장치만으로는 결코 해결될 수 없는 인생의 의미와 행복을, 우리는 얼마나 준비하며 찾아가고 있을까? '은퇴자', '노인' 등으로 표현되는 세대가 단지 사회의 '짐' 또는 소비 시장의 새로운 '블루칩'에 머무르지 않고, 어떻게 하면 생산적이고 창조적인 역할을 담당할 수 있을까? 그들이 지닌 시간과 돈과 경험을 어떻게 활용할 것인가? 흔히 삶이라는 여정의 끝에 속한다고 외면하거나 안주해버리는 그 길 위에서, 올리비에는 (다시) 시작하는 법을 배우고 있다.

베르나르 올리비에가 처음으로 걷기 여행을 떠난 계기도 이 책을 통해 밝혀진다. 그것은 바로 사회보장보험 재단으로부터 온, 그가 이제 '활동적'인 삶을 '청산'해야 할 때가 되었음을 알리는 한 통의 편지로부터 비롯된다. 아내의 죽음, 자식의 독립, 고독 그리고 마침내 사회로부터의 '폐기 처분'……. 절망의 나락에서 삶을 포기하기 직전까지 침몰했던 그를 구한 것이 바로 '걷기'였다. 순례자들의 길인 산티아고데콤포스텔라를 걸으면서 그는 자신의 삶을 돌아보고, 그 길의 끝이 구원이 아니라 새로운 시작임을 깨닫는다. 은퇴가 청산도, 휴식도, 고독도 아닌, 모든 가능성이 열려 있는 '인생에서 가장 풍요로운 시기'임을 발견한 그는, 남은 시간을 어느 때보다 의미 있게 채워나갈 길을 찾고자 한다. 그것은 자기 자신에 대한 책임 그리고 사회에 대한 책임이었다. 어느 인터뷰에서, 올리비에는 "인생의 모든 시기에서, 우리는 이렇게 말할 수 있다. '그건 내 잘못이 아니야.' 은퇴란, 그와는 달리, 전적으로 당신의 책임이다. 만약 당신이 그 시기를 망친다면, 당신은 다른 누구에게도 돌을 던질 수가 없다."고 말했다.

그가 찾은 이러한 소명 의식은, 2000년에 '문턱seuil'을 창설함으로써 실천에 옮겨지게 된다. 경범죄를 저지른 청소년을 감옥에 보내는 대신 몇 주간의 도보여행에 동참하게 함으로써 그들에게 새로운 기회를 제공하는 것을 목적으로 하는 이 단체는, 뜻을 같이한 많은 자원봉사자와 단체의 도움으로 천천히, 그리고 조금씩 성과를 보이고 있다. 그의 걷기는 개인적 성찰을 넘어서서 이제 세대 간의 소통과 연대를 꿈꾸는 '함께 걷기'로 발전하는 중이다. "수백만의 노인은 무엇을 해야 할지 모르고, 수백만의 젊은이는 자기실현을 위해 힘겹게 애쓴다. 이 두 세계를 연결해줄 방법을 찾아보자. 아무것도 아닌 듯하지만, 조금이라도 행복을 만들어낼 수 있는." 이것이 이 책을 통해, '함께 걷기'를 통해 작가가 꿈꾸는 세상이며 생산적인 '노령화 사회'를 위한 제안이다.

이 책이 단순히 '은퇴 생활'의 지침서에 머물지 않는 이유는, 올리비에가 제기한 사회적 문제의식, 그리고 삶에 대한 뜨거운 열정은 모든 세대를 향한 것이기 때문이다. 시기의 차이만 있을 뿐, 누구나 '제3 세대'를 맞게 된다. 그러나 새로운 길을 향한 걸음을 멈추지 않는 사람은 언제나 '젊은이'임을, 작가는 온몸으로 보여준다. 그의 걸음이 향하게 될 다음 목적지가, 독자로서 다시 기대된다.

2009년 11월

임수현

인생은 60에 시작한다

즐거운 나의 대가족, 내 누이들과 조카들,
그리고 가족의 울타리를 넓혀준 아리안에게.

은퇴! 다소 모호한 그 옷 안으로—정말 간신히—내가 미
끄러져 들어온 지도 이제 십 년이 되었다. 어떤 상태나, 조
건, 계급, 상황이나 직업은 더더욱 아닌 그런 위상 속으로.
수백만 명이 그런 삶을 살아가고 있으며, 심지어 그로 인해
우린 그럭저럭 괜찮은 액수의 돈까지 받는다. 이런 것이 어
떤 구체적 위치가 아니라면, 일종의 정신적 상태라고 해야
할까?

나로 말하자면, 십여 년 전부터 프랑스와 외국 이곳저 곳에서, 비단 연금생활자뿐 아니라 수많은 이에게 조금은 특별한 내 은퇴 생활에 대해 얘기해왔다. 사람들은 내게 그 얘기를 글로 써보라고 했다. 나의 여정은, 물론 평범하지는 않지만 그렇다고 기적적인 것도 아니다. 도망치듯 시작되어 세상 끝까지 가는 모험에 이끌리고, 그러다 어떤 우정과 희 망의 굴레에 사로잡힌 내 이야기가, 사람들에게 회자될 만 큼 가치 있을까? 독자들 중 일부는 어떻게 생각할지 모르겠 으나, 나는 내 실크로드 모험담에 영웅 칭호 붙이는 걸 사양 한다. 내가 한 일은 누구나 할 수 있는 것이기 때문이다. 그 저 한 발을 기꺼이 다른 한 발 앞에 놓기를 대략 1500만 번 _{거리로 환산하면 대략 약 1만 2000킬로미터가 된다} 정도 되풀이하면 된다. 사람들이 수백만 년 전부터 해오던 일이고, 누구도 그걸 자 랑으로 여기지는 않는다. 나를 지탱해준 것은 목표가 아니 라 길이었다. 물론 길을 떠나도록 도운 어떤 잠재의식도 필 요했고, 다시 돌아올 수 있었던 건 운도 따랐기 때문이며, 그 둘 사이에는 엄청난 집요함도 큰 몫을 했다. 그건 아마도 나의 브르타뉴 조상들과 노르망디 출신인 내 자신으로부터 비롯됐으리라.

노후보장국가기금(전문가들에게는 CNAV로 통하는)의 수혜자가 되고 나서, 비록 처음에는 좀 힘들었지만, 난 꿈속에 사는 것 같았다. 어떤 이에게 은퇴는 비극적일 수 있다. 누군가는 그로 인해 죽기도 하고, 또 어떤 이는 서서히 침몰하기도 한다. 아무 느낌 없이 지나치는 순간이 마침내 오기도 하지만, 빨리 반응하지 않다가는 잔 모로Jeanne Moreau, 프랑스의 대표적 여배우가 노래했듯 "슬프게도 손수건을 쥐어짜기엔 너무 늦었음"을 확인하게 되는 법이다. 분명 기억해야 할 것은, 은퇴 후의 삶이란 누군가에겐 차가운 시멘트 땅이며 또 다른 누군가에겐 화장터의 뜨거운 가마라는 사실이다. 프랑수아 모리아크François Mauriac, 1885~1970. 프랑스의 소설가는 "늙는다는 건 멋진 일이지만…… 그렇게 나쁘게 끝나는 게 유감일 뿐이다"라고 말한 바 있다. 어차피 그럴 바에는, 발에 족쇄를 차고서 슬픈 최후만 기다리지 않는 게 더 낫다. 영원한 휴식이 우리를 기다리는데, 무엇 때문에 소위 휴가라는 걸 빙자해 오랜 겨울잠에 든단 말인가? 이제 자신의 직업 활동을 마치거나 가까운 시일 내에 마치게 될 수백만의 베이비붐 세대에게 나의 여정이 은퇴 후를 살아가는 방법에 대한 몇 가지 생각거리를 줄 수 있다면, 진정 그렇다면, 나는 그저 얘기만 하는 데 그칠 게 아니라 이제 글로 써야 하리라. 비록 은퇴라는 용어가 행정적으로나 마케팅 측면에서나 우리를 활동적 상태로부터 비활동적 상태로 바꾸어버리지만, 난 그것이 사회로부터 비켜나 물러서있는 게 아님을, 나처럼 끝없이 움직이는 사람에게는 불명예스러운 용어임을 분명히 하고자 한다.

스스로 자신에 대해 잘못 생각하지 말자. 은퇴란, 멋진 것이다. 남자와 여자 모두에게 있어서, 그것은 인생에서 완전한 자유를 갖게 되는 특혜 받은 순간이다. 과거의 '활동적'인 청소년기나 성년기의 인생이 그러했듯 강요된 삶이 아니라 선택된 삶이다. 설문조사 결과에 따르면 이혼의 5퍼센트가 팔십대에 이루어지지만, 늦바람이 들어 구속에서 벗어나려는 '나이답지 않은' 육십대의 할아버지·할머니는 그 이상의 자유도 누리고자 할 수 있다. 이는 전혀 놀라운 일이 아니다. 비로소 모든 것을 가능하게 해주는 은퇴란, 몹시 정신 나간 것처럼 보이는 일들까지도 포함한 모든 도전을 향해 열려있는 문이기 때문이다.*

지구의 서쪽 주민인 우리는 이 세 번째 천 년의 초입에

---

* 〈뻔뻔한 노부인〉〔원제 La vieille dame indigne(나이답지 않은 노파), 실비·빅토르 라누 주연의 1965년 작)이라는 영화에서, 삶의 막바지에 다다른 한 여인은 중상모략에 맞서 싸우며 자신의 꿈을 사는 것을 선택한다.

서 유례없는 시기를 살아가고 있다. 얼마 전까지만 해도, 프랑스에서 60세는 노인으로 취급되었으며, 가족이나 공공기관의 도움에 의존해서 살았다. 용케 고비를 넘긴 사람에겐 벽난로 구석에서 불씨와 추억을 뒤적거리며 몰락과 최후를 기다리는 일 외엔 다른 선택이 없었다. 병이라도 걸려서 자신의 은퇴 생활이 긴 시련으로 변해버리지만 않으면 다행이었고, 그저 작은 '고통들'은 신의 은총으로 알고 감사하며, 내내 그 얘기만 화젯거리 삼아 소일할 뿐이었다. 오늘날 내가 아는 할아버지·할머니 100명은 마라톤 출발선에 서서 신호를 기다릴 수도 있고, 손자·손녀들이 공간 기하학의 비밀을 꿰뚫어보도록 도와줄 수도 있고, 첼로를 배우며 프랑수아 비용François Villon, 1431~1470. 프랑스의 시인의 천재성을 음미할 줄도 안다.

은퇴란 황금기다. 하지만 또한 최후의 시기이기도 하다. 자신이 약하다는 것을 충분히 인식하게 되는 순간. 그 약함이 삶에서의 활동과 사망을 동시에 좌우한다. '젊음의 아름다운 미래'니 하는 틀에 박힌 표현 따윈 그만두자. 젊은이들이 미래의 자기 모습을 지적으로 투사해보기란 거의 불가능하다. 역설적이게도, 우리의 미래가 줄어들고 얼마 남지 않았을 때야말로 우리가 그것을 충분히 인식하게 되는 순간이다. 과거와 등지게 될 때, 미래에 대해, 그리고 미래 자체를 더 잘 생각할 수 있다. 노인이 미래를 상상할 수 있는 게 사실이라면, 왜 미래의 건설에 기여하지 않는단 말인가?

'제3기'라고 불리는 이 시기는 인생 전체를 통틀어 가장 진지한 사건이다. 이 시기를 긴 휴가와 혼동하는 일은 나로선 이해할 수 없거니와, 심지어 마치 휴식처럼 간주한다면, 이는 큰 실수다. 당신이 회사를 떠나야 할 때, 사람들은 심지어 은퇴할 나이가 되기 전에도 당신을 출구 쪽으로 떠밀며, 그리고 '노동의 가치' 따위의 뻔한 말로 찬양하며, 당신에게 샴페인을 권하고 DVD 플레이어 따위를 선물한다. 그것이 '충분히 누릴 자격이 있는 휴식'이다. "늙은 일꾼이여, 이제 쉬시라. 당신은 그럴 자격이 충분하다. 앞으로는 매일매일 이 일요일일 것이다." 허튼 소리. 빈 시간을 메우는 데 충분히 공을 들이지 않는다면, 첫 달 첫 날부터 목요일이건 일요일이건 날마다 흐리고 공허하고 슬플 것이다.

무엇보다 스스로 함정에 빠지게 내버려두지 마라. 은퇴는 아마도 가장 풍요로운 시기이며, 우리 자신과 가장 닮았고, 인생에서 가장 중요하다. 이 시기는 많은 연습과 실험과 성공, 또 그만큼 유익한 실패를 대가로 이루어져서, 개발하지 않은 채 그냥 내버려두기엔 어리석을 정도로 너무나 탁월한 자산을 형성한다. '시니어'로 취급하거나 '제3의' 나이로 규정하는 터무니없는 언어적 도피 속에 노인들을 묻어두려 해서는 안 된다. 아무리 그럴듯하게 분칠한다고 해도, 그런 말은 당신을 차고로 내몰거나 무덤으로 밀어넣을 것이다. 그런 것들일랑 광고쟁이와 장사꾼(일명 마케터들)에게나 줘버리자. 부득이한 경우, 우리를 당당한 가족의 일원으로 보존해주는 '어른'이란 말을 쓰자. 우리는 늙었고, 그걸 부끄러워해서는 안 된다. 늙음이란 성숙, 지혜, 균형, 문화 등등의 이름으로 불리는 가치를 담은 멋진 말이기 때문이다.

2050년이면 지구인 다섯 중 한 명은 60세 이상일 것이다. 지금부터 2012년까지, 550만 명의 프랑스인이 은퇴할 것이다. 이는 베이비붐 세대의 여파이며, 그 파도는 아주 멀리서부터 밀려왔다. 그들은 참혹한 전쟁의 잿더미로부터 태어났다. 그들의 탄생 이후, 그들이 만들어낸 이 파도의 위력은 자신의 무게로 모든 걸 폭발시켰다. 정치가들에게 베이비붐의 결과를 예측하는 건 쉬운 일이었지만, 실행에 옮겨진 건 아무것도 없었다. 베이비붐 세대에겐 초등학교와 고등학교가, 나중에는 대학교마저 부족했다. 학교를 짓기 시작했을 땐 이미 상황이 너무 늦어버렸기 때문이다. 그들은 혁명놀이를 하며, 1968년에 기쁨의 불꽃을 피웠고, 폭죽을 터뜨렸고, 보도블록을 훔쳤다. 시간이 지나, 그들 중 많은 이가 국립고용안정센터ANPE의 목록에 이름을 올렸으며, 이 중소기업은 20세기의 마지막 15년에 걸친 위기 이후 거대 기업이 되었다. 이러한 파피-부머papy-boomer, 2차세계대전 이후 태어난 베이비붐 세대로 현재 60세 이상의 노년층이 된 파피붐 세대를 말한다들의 쓰나미가 은퇴 시스템을 폭발시키게 될까? 혹은 반대로 도약과 상상력, 새롭고 해방된 에너지를 가져올까? 나는 후자에 내기를 건다.

노인은 해마다 조금씩 늘어난다. 그런 의미에서, 그들은 의무가 있다. 이런저런 명목으로 돈을 뜯기는 저 불쌍한 월급쟁이들이 사무실로, 학교로, 공장으로 매일같이 출근할 때, 크루즈 여행을 하며 나른한 무기력에 빠져있거나 종려나무 아래서 계절도 잊은 채 낮잠을 자며 자신을 방치하지 않을 이유가. 이 점을 신경 쓰지 않는다면, 주변부로 밀려난 은퇴자들이 민주사회를 바닥으로 이끌어 지속과 번영을 위협하는 폭탄이 되고 말리라. 비관론자는 '세대 간의 전쟁'을 점친다. 이를 그대로 내버려둔다는 건 어리석은 일이며 부당하기까지 하다. 이토록 생생한 에너지와 지식과 지성을 그저 길가에 버려두는 일을, 어떻게 받아들일 수 있단 말인가? 내가 진심으로 바라는 바는, 우리 어른들이 세상의 변화에 분명한 몫을 담당하고, 우리가 쓸 수 있는 남은 모든 시간 동안 세상에 어떤 아름다움을 부여하도록 애쓰는 거다. 우리 다음에 올 우리의 아이들과 손자·손녀들, 이 세대들 사이에 우리가 다리를 놓자. 단지 우리의 몫을 하자는 것이다. 왜냐하면, 은퇴란 끝이 아니니까. 그것은 믿기 어려운 시작이다. 요즘 세대와는 달리, 은퇴한 이들은 개인주의자가 아니다. 행복도 살 수 있다는 광고 덕분에 널리 퍼진 사고에 그들은 더 잘 맞설 수 있다. 다른 세상에서 자라난 덕분에, 그들은 이기주의자가 아니다. 시몬 드 보부아르Simone de Beauvoir, 1908~1986. 프랑스의 소설가이자 철학자, 여성운동가가 말하듯, "세상에 흔적을 남기기 바란다면, 그 세상과 연대를 이루어야 한다."

십 년 동안 사색하고서 나는, 오늘 은퇴자들에게 이렇게 말할 수 있다. 인생은 60에 시작한다고.

차례

일러두기

1. 본문의 각주는 지은이 주이고, 위첨자는 옮긴이 주다.
2. 이 책은 2008년 프랑스 페뷔스 출판사에서 나온 《La Vie commence à 60 ans》를 옮긴
   것이다. 한국에 소개된 저자의 책으로는 《나는 걷는다》(전3권 · 2003 · 효형출판)와 수채
   화판 실크로드 여행수첩인 《베르나르 올리비에 여행》(2006 · 효형출판)이 있다.
3. 저자가 2000년 창설한 쇠이유 SEUIL 협회는 도보여행을 통한 비영리 대안 청소년 교화
   단체다. '쇠이유'는 '문턱' 또는 '경계'를 뜻하는 프랑스어로, 본문에서는 쇠이유 협회를
   '문턱'으로 적었다.
4. 터키 지명 · 인명은 정확한 발음을 확인할 수 없어 프랑스식으로 옮겨 적은 현지 발음을
   외래어표기법에 따라 우리말로 옮겼다.

굴복하거나 또는 저항하거나

내가 거의 예순이 다 되었을 때였다. 삶에 나를 연결시켜주는 고리가 더 이상 아무것도, 아무도 없었던 나는 침몰하는 기분이었다. 60, 그것은 단순한 기념일이 아니라 딱 떨어지는 숫자였다. 위험한 전환점이었으며 단절이었고, 출구 하나 보이지 않는 길이었다. 그저 사막을 향해 열려있을 뿐. 십 년 전 생일에는, 조금은 부드러운 느낌이었다. 그저 작은 경고의 종소리뿐이었다. 조심해, 넌 이제 험한 비탈길 위를 지나가고 있는 거야. 하지만 삶은 일 년 동안 또 무심히 흘러갔고, 그러다 불행이 닥쳐왔다. 아내와 어머니의 죽음, 직장에서의 해고, 이 모든 일이 단 몇 주 사이에 일어났다. 한 여인은 나의 첫걸음에서부터 세상 속으로 들어가는 걸 인도해주었다. 또 한 여인은, 살아가는 의미를 주었으며 내게 너무나 큰 사랑과 아름다운 두 아들을 선물해주었다. 내 인생의 여자 다니엘은 내가 쉰한 살이 되던 날 자신의 아름다운 영혼을 남기고 떠났다. 내 부주의함을 잘 아는 그녀는, 내가 결혼기념일을 잊어버리듯 자신의 기일은 잊어버리지 않기를 바랐던 모양이다. 그 후 15년 동안 나는 더이상 생일을 기념하지 않았고, 해마다 그날이 되면 그녀가 내게 주었던 모든 것, 다시는 가질 수 없는 것들에 대한 생각에 잠겼다. 아이들은 대학에 들어갔고, 이제 이 나이에 월급 받는 일자리는 다시 찾을 수 없다는 사실을 곧 깨닫게 되었다. 부족한 것에 대한 두려움, 어린 시절 가난하게 자란 이들에겐 극복하기 힘든 이 병이, 나를 짓누르고 있었던 것이다.

아주 다행스럽게도, 몇몇 이들이 내게 서류를 대충 작성하고 이야기를 늘어놓고 조사하는 능력이 있다는 것을 인정해주었다. 십 년 동안 나는 뛰었다. 아무것도 나를 멈추지 못했다. 아이들의 학업을 뒷받침해줘야 했고, 이런저런 납기일과 싸워야 했다. 슬픔은 잠을 방해했지만, 일을 방해하지는 못했다. 병조차도 나를 막지 못했다. 등이 마비

될 정도로 아파 3주 동안 침대에 꼼짝 못하고 있으면서도, 나는 전화와 미니텔프랑스에서 1990년대 500만 대 이상 보급된 비디오텍스 서비스. 통신·정보를 제공하던 우리의 하이텔 단말기와 비슷하다과 컴퓨터를 가까이 설치해놓고 원고를 제 시간에 보냈다. 시간이 흘렀다. 생일이 가까워질 때마다 이따금씩 심술궂게 나를 일깨우기는 했지만, 고통도 차츰 진정되었다.

그러던 어느 날 아침, 최후의 일격이 편지의 형태로 도착했다. 인간미라곤 찾아볼 수 없는 사회보장보험의 인쇄물이, 대략 이렇게 얘기하고 있었다. "당신의 은퇴 비용을 청산할 때가 되었습니다." 팔이 힘없이 떨어졌다. '청산'이라, 나는 청산된 것이다. 스탈린 체제가 아닌, 사회보장보험에 의해서. 사전에서 '은퇴'의 동의어를 찾아보았다. 후퇴, 피난처, 은신처……. 군인이나 사제처럼, 이제 나는 은퇴되어 갇힌 것이다. 나폴레옹 시대의 근위병처럼, 나는 노동의 세계에서 봉급을 반만 받는 장교가 된 것이다. 누구도 어찌해볼 수 없는 상황, 오직 나이만이 가혹할 뿐이었다. 내 운명은 이제 결정된 셈이었다. 은퇴자의 길을 따르는 것. 신에게 다가가느냐, 묘지에 다가가느냐의 선택만 남았을 뿐이었다. 모든 걸 사고파는 시대인 만큼, 내겐 그 대가로 보조금이 주어졌다. 물론 난 그걸 받을 권리가 있었다. 내 경력에 나보다 더 세심한 주의를 기울인 사회보장보험은, 내가 열여섯 살 때 일을 시작했다는 사실을 용케 기억하고 있었다. 토목공, 항만 노동자, 가게 점원, 포도주 외판원, 체육 교사……그 후 불확실한 대로 독학을 거친 후 기자 생활. 적잖이 어수선한 나의 직업 생활은, 사회보장보험에 의해 날짜와 수입이 '분기'별로 환산된 채 거기 있었다. 그리고 난 이제껏 충분히 누렸다는 것이다. 그러니 은퇴를 받아들여야만 한다고. 그러나 그건 내게 한 발자국만 더 나아가면 나락이라는 뜻이었다. 은퇴는 다른 사람들, 노인들의 얘기였다. 내 얘기가 아니었던 것이다. 난 여전히 젊었고 열정과 에너지가 넘쳤다. 살고 싶은 격렬한 욕구와 더불어서 말이다. 난 흔히 말하듯 '몸짱'이었고 그걸 유지하기 위해 거의 날마다 달리고 있었다. 쉰여덟에 뉴욕 마라톤에 나가 뛰었고, 쉰아홉에는 비겁하게 기어 올라오는 나이란 놈을 비웃으며, 중국에서 열린 실크로드 걷기 대회에 참가했다. 축축하고 숨 막히는 더위 속에서 피부는 온통 햇볕에 그을린 채 세 주 동안 사막과 산을 가로지르는 무시무시한 도전이었다. 대회는 단계별로 진행되며 만리장성 위를 기진맥진해서 올라가는 것으로 끝났다. 난 완전히 녹초가 되어 도착했지만 만족스러웠고, 두 주 후엔 즐거운 마음으로 메독 마라톤 대회의 출발선에 정렬해있었다.

그런데 왜 은퇴니 뭐니 하며 나를 귀찮게 군단 말인가? 아니, 난 결코 늙지 않았다. 물론 조금은 그럴지도 모르지만.

낚싯대 끝에서 몸을 떨어봐야 소용없었다. 난 이미 낚인 신세였다. 날 늙게 만드는 것은 고독이었다. 인간의 감정에 정통했던 빅토르 위고Victor Hugo, 1802~1885. 프랑스의 소설가는 말했다. "지옥의 모든 것이 이 단어 속에 있다, 고독." 베를렌Paul Verlaine, 1844~1896. 프랑스의 시인 또한 다르게 말하지 않았다. "그녀는 지옥이란 부재不在임을 알지 못했다." 희망이란 단어조차 아무 의미가 없는데, 홀로 삶에 대해 무엇을 기대할 것인가? 이제 흐릿하고 고통스러운 과거 놀음밖에는 더 할 수 없는데, 미래를 생각한들 무슨 소용 있겠는가? 다니엘이 급작스럽게 떠남으로써 그녀와 함께하려 했던 모든 계획도 물거품처럼 사라졌다. 아이들, 사랑하는 내 아이들은 이미 둥지를 떠났다. 아이들에게 너무 집착한 나머지 내가 그들만의 영역을 침범했던 탓에, 적잖은 어려움도 있었다. 아빠의 '암탉 노릇'은 그저 잠시뿐임을, 아이들이 깨닫게 해주었다. 이제는 너무 커져버린 파리의 아파트, 이곳을 온통 물들인 추억과 행복을 찾아 나는 영원히 헤매다녀야만 할까? 아침마다 제일 먼저 일어나 아들 녀석들에게 줄

코코아와 아내에게 줄 차와 내가 마실 커피를 준비하던 그 빛나던 아침을 잃어버렸으니, 난 결코 완전히 회복될 수 없었다. 모든 것이 식탁 위에서 따뜻한 김을 피워 올릴 때, 난 그들 주위를 돌며 밤사이 따뜻해진 뺨에 키스하고, 학교나 일 따위의 골치 아픈 얘기로 간밤 꿈의 여운을 날려버리는 걸 조금 미안해하며 부드러운 몇 마디를 속삭이곤 했다.

텅 빈 아파트에 이 편지가 도착했을 때, 난 혼자였다. 홀아비 생활을 몇 년 하면서, 이런저런 관계를 만들기도 하였다. 어쩌면 나는 이미, 그렇게 두려워하던 늙음으로부터 도망쳤던 건지도 모른다. 나보다 훨씬 젊은 여자에게 작업을 걸기도 했다. 어느 정도 선을 넘었고, '나이에 걸맞지 않은' 일을 했던 것 같기도 하다. 그러다 바로 내가 만든 함정에 빠지고 말았다. 여자들이 아이를 원했던 것이다. 난 망설였다. 아이들은 늘 나를 사로잡아왔으니까. 꼬마들은 그 부드러움으로 나를 녹이고, 십대 아이들의 여드름과 실존적인 고민은 나를 감동시킨다. 그렇다고 쉰다섯에 자식을? 한 아이를 요람에서부터 혼자 생존할 수 있는 문턱까지 데려가는 데 적어도 25년은 걸린다는 걸, 난 경험을 통해 배웠다. 그러니 내가 지킬 수 있을지도 불확실한 평생 계약을 해야 한다니. 아이를 만드는 건 좋지만, 고아가 되도록 할 수는 없었다. 난 단념했다. 유감스럽지만, 비록 오랜 시간이 걸리더라도 내 아들들이 내게 멋진 선물을 안겨줄 때까지 기다리리라. 물론 나는 예순다섯 살까지 계속 일할 수도 있었다. 공식적인 보고서들은 우리가 더 오랫동안 일을 해야 한다고 말하기도 한다. 확실히 그렇긴 하지만, 그럼 도대체 언제 제대로 된 삶을 살 수 있나? 사람들은 평생 부모님을, 선생님을, 사장을, 배우자를, 자식을 기쁘게 해주기 위해 일했고, 이성의 이름으로, 집세와 국가의 이름으로 땀을 흘려왔다. 그만, 그만하면 됐다. 자신을 위해 일할 권리를 찾을 때가 있는 것 아닌가…… 물론 아무것도 하지 않기 위해서 그 권리를 이용하지 않는다는 조건 하에서 말이다. 내 직업에 매달리는 건 애초 고려 대상이 아니었다. 일이 없는 젊은 기자가 숱하게 널린 상황에서, 자리를 차지하고 있을 수도 없는 노릇이었다. 게다가 난 내 직장의 모든 부서를 한 바퀴 다 돌기도 했다. 15년 동안 정치부에 있었고, 또 그만큼의 시간 동안 경제부에도 있었다. 오래전부터, 난 내 기사가 세상을 이해하는 데 도움을 줄지언정 세상을 변화시킬 수는 없으리라는 걸 깨달았다. 그렇다면 무엇을 할 것인가? 내게 닥칠 일에 대해 생각해보지 않았다면 거짓일 터. 쉰여덟쯤 됐을 때, 난 파일 하나를 열어 그 위에 '은퇴'라고 공들여 써놓았다. 이따금씩 그걸 들춰 생각난 걸 끼적거렸고, 어딘가에서 잘라낸 기사들을 끼워넣기도 했다. 천천히 후일에 대한 생각을 했던 것이다.

1998년 2월, 마감을 조금 넘겨서 내 마지막 기사를 송고했다. 1996년 애틀랜타에서 열린 하계 장애인 올림픽을 통해, 난 삶이 자신들에게 부과한 도전에 맞서는 장애인의 놀라운 용기에 감탄했다. 거기엔 어떤 꾸밈도, 스타도, 돈도 없이 오직 자신의 한계를 넘어선다는 보상만이 있는 진정한 올림픽 정신과 스포츠의 아름다움이 존재했다. 그래서 비록 '현역' 기간이 법적으로 지났음에도 1998년 동계 장애인 올림픽 취재차 일본 나가노에 가달라는 제의가 왔을 때, 난 그 영웅들과 더불어 내 경력이 마감된다는 사실이 행복할 따름이었다.

기사 작성을 마친 후, 난 내 인생에서 처음으로 어느 곳에서나 이방인처럼 느껴지는 이 낯선 지방을 방문할 시간을 갖게 되었다. 고통과 상처로 얼룩진 히로시마 산업전시회장의 돔 앞에서 받았던 느낌을 기억한다. 이곳에 하늘로부터 지옥이 떨어졌을 때 난 일곱 살이었다. 지금의 아이들에게 더 인간적이고 더 우애로운 세상을 만들어주기 위해서, 우리 세대는 무엇을 했던가? 헤아려봐야 초라할 뿐이다. 돌아오는 비행기 안에서, 아무도 나의 도착을 기다리지 않음을 깨달았다. 내 삶은 지나가버린 것이다. 허공을 향해, 무無를 향해 나아가면서도, 그저 계속될 뿐이었다. 도대체 얼마나? 어쩌면 내년, 혹은 그다음 해에 죽을지도 모르는데, 무언가 시작해보려 한다는 게 무슨 소용이 있을까. 결국 그저 커다란 망각의 구멍 속으로 떨어질 뿐인데. 아내의 죽음을 겪으면서, 난 종교가 모든 신자들로 하여금 타인의 죽음이나 자신의 죽음을 직면하는 데 얼마나 큰 도움을 주는지 알았다. 난 그런 버팀목을 갖지도 못했다. 그러니 먼지로 흩어질 일만 남겨놓았던 셈이다. 바로 그때, 난 절망의 바닥을 스쳤던 것이다. 오늘날 난 슬픈 역설과 더불어 그때를 돌이켜본다.

은퇴하기 전, 난 안락한 삶을 누리고 있었다. 아니, 약간의 일과 많은 행운이 날 그렇게 만들어주었다고 해야 할 것이다. 사랑과 아이들과 직장. 그건 미로의 꼭대기에 바리케이드가 쳐진 견고한 성이었고, 난 세상의 폭풍우와 상처로부터 안전한 곳에 있다고 완전히 믿었다. 갑자기, 다니엘의 심장이 멈추는 데 걸렸던 일 초도 안 되는 바로 그 순간, 내 인생은 무너져버리고 말았다. 두터운 장막 속에 자신을 묻어버린 채, 난 감정의 겨울잠에 빠져버렸다. 난 마을의 작은 묘지 안, 내가 심은 사이프러스 나무 그늘 아래서 명상에 잠겨 내 상처를 보듬고 있었다. 그 나무의 높이는 아내가 내 곁을 떠난 이후 흐른 시간을 알게 해주었다. 난 화강암으로 된 벤치를 아내의 무덤 옆에 옮겨놓고 자주 가서 앉아있곤 했다. 아내는 자기가 죽고 나면 사람들이 자기 무덤 앞에서 멍하게 서있는 대신 편하게 앉아서 잡담을 나누길 바란다고 말했었다. 그러길 무척이나 좋아했던 자신처럼.

그때가 일 때문에 시달리지 않던 아주 드문 시기였다. 난 심각할 정도로 우울했다. 혼자 비참한 심정으로 텅 빈 아파트를 돌아다니곤 했다. 처음에 아파트 한 층을 샀다가 또 한 층을 사서 복층을 만들어놓았는데, 난 여전히 벅찬 월세를 내야 했고, 이제 막 실업자가 되어 그걸 감당할 만한 수입은 전혀 보장되지 않았다. 나는 곧 적절한 수입 확보를 위해 아파트를 다시 둘로 나누고 한 층을 세놓기로 결심했다.

그 결과는 치명적이었다. 그런 공사를 한다는 건, 나의 가장 아름다운 추억을 죽이는 일이며, 이 공간에서 누렸던 행복을 완전히 지워버리는 일이었기 때문이다. 세놓을 공간을 만들어갈수록, 이 집에서 계속 살 마음이 사라져갔다. 난 천천히 칸막이를 부수고 문부터 바꾸기 시작했다. 그러던 어느 날 절망감이 덮쳐왔다. 모든 걸 중단했다. 자기 소굴에 틀어박힌 늑대처럼, 차마 치워버릴 용기조차 나지 않던 흙더미 속에서 그저 버틸 뿐이었다. 욕망도 계획도 미래도 없이, 함정에 빠진 듯했다. 사방을 둘러보아도 출구 하나 보이지 않았고, 마침내 완전히 갇혀버린 느낌이었다. 아무 맛도 더 이상 느낄 수 없는 그런 삶이 내 목을 조여왔다.

그러던 어느 날 아침, 모든 걸 끝내버리자는 생각이 나를 은밀히 사로잡았다. 자살, 그건 엄청난 위안이었다. 고독이라는 시련을 벗어날 수 있는 문을 마침내 찾은 것이었다. 갑자기 모든 괴로움이 나를 떠났다. 해결책은 간단했고, 이제 실행에 옮길 일만 남았다. 기술적 문제일 뿐이었다. 이런 식으로 떠나길 신청한 사람들이 누리는 사치와 어려움은 물론 시기를 선택하는 것이지만, 무엇보다 방법을 고르는 일이 우선이다. 약을 먹을 것인가, 칼을 쓸 것인가 혹은 목을 맬 것인가. 독을 마시고 달콤한 잠에 빠지는 것, 타일 위에 피를 흐르게 하는 것, 혹은 끈으로 거칠게 목을 죄는 것, 이중 어떤 것이 견딜 수 없고 말로 할 수도 없는 이 고통을 가장 말끔히 없애줄까? 나는 심사숙고의 시간을 갖기로 했다.

내가 살던 시골에서는 당기면 조여지도록 묶는 매듭이

가장 효과적이고 검증된 방법이었다. 하지만 그 시기에 날 찾아오는 사람은 오직 내 아이들뿐이었다. 아이들이 혀를 내밀고 인상을 쓴, 게다가 바지까지 축축이 젖은 내 모습을 발견할지도 모른다는 생각을 하자 몸이 떨렸다. 사람들이 말하길, 목 매단 사람은 '만드라고라^{목을 맨 사람의 체액으로부터 생}겨난다고 알려진 풀 이름를 자라나게 한다'고 하지 않던가. 난 바로 그 방법을 단념했다. 아이들에게 그런 충격을 강요하면서까지 내 문제를 해결할 수는 없었다. 내게 필요한 건 깨끗한 최후였다. 이리저리 방법을 찾아보다가, 난 누군가의 자살이 왜 늘 주위 사람들에겐 예기치 못했던 일로 받아들여지는지, 그 이유를 알게 되었다. 아주 당연하다고 할 수 있다. 만약 내 결심을 자식들이나 친구들에게 알린다면, 그들은 내가 본 유일하게 열린 문을 닫으려고 온갖 수를 다 쓸 테다. 날 감시할 것이고, 둘러쌀 것이고, 정성껏 돌볼 것이다…… 내가 공들여 잘라낸 이 마지막 가지를 내버려둘 수는 없는 일이었다. 아이들이 금방 눈치를 챌 테니까. 당시는 연말이었다. 이런저런 파티를 준비해야 한다는 생각에 난 피곤해졌다. 아무렇지도 않은 척해야 하고, 새해를 축하하는 잔을 들어야 하고, 행복을 기원하는 등의 시시한 짓거리를 해야만 할 테니까.

난 스스로 기한을 정했다. 내 생일과 다니엘의 기일을 맞아 1월 중순에 영원히 사라지기로. 마치 망자亡者와 다시 결혼하듯이. 이런 정신 상태에서 허우적거리고 있던 어느 11월 저녁, 몽펠리에에 사는 조카 안-마리에게서 전화가 걸려왔다. "삼촌, 저랑 마르크랑 마갈리, 다 같이 삼촌댁에서 연말을 보내고 싶은데, 우리 재워주실 수 있으세요?" 전화를 끊고 나자, 어둠은 한층 물러나있었다. 난 아직도 무언가에 쓸모가 있었다. 내가 누군가를 위해 존재한다는 증거이기도 했다. 난 폐허처럼 엉망이 된 아파트의 가련한 꼬락서니를 돌아보았다. 이런 창고에서 그 아이들을 맞는다는 건 상상도 할 수 없었다. 난 밤을 새워가며 흙더미를 치웠다. 다음 날엔 벽을 새로 바르고, 도배하고, 장판을 깔았다. 크리스마스가 되자, 내 작은 숙소는 제법 보여줄 만한 상태가 되었고, 자살 충동도 사라져버렸다. 다만 여전히 나만의 비밀에 사로잡혀서, 내 손님들에게는 아무 내색도 하지 않았다. 난 2년이 지난 후에야, 그저 지나가는 농담처럼 조카에게 고백했다. 그 전화 한 통으로 네가 본의 아니게 나를 삶에 붙들어두었노라고.

은퇴 후의 첫날들이 다가오고 있었지만, 난 예전처럼 우울증에 다시 빠지진 않았다. 하지만 한 가지 질문이 끈질

기게 나를 사로잡았다. 새롭게 주어진 이 시간에 무얼 할 것인가? 영원히 쉬는 것? 그건 정말 재미없는 일이었다. 활동의 중단이 권태를 가져올 뿐 아니라 정상적으로 유지하길 바라는 육체적이고 정신적인 능력 또한 잃게 만든다는 걸, 나는 경험으로 알고 있었다. 아무 계획 없이 겨울잠을 자듯 비참하게 시들어가는 은퇴자들을 너무나 많이 봐왔다. 잠깐은 즐겁겠지만, 결국 점점 우울해질 뿐이다.

난 '은퇴' 파일을 열어보았다. 내용은 실망스러웠다. 체스 클럽, 십자말풀이 클럽, 브리지 클럽, 그리고…… 다니엘과 약속했지만 지킬 수 없었던 캐나다 여행…… 30년 전에 사놓아 이제는 상태가 엉망인 노르망디 집으로 돌아가 살 수도 있을 게다. 오래전 직접 내 손으로 벽과 방 하나하나 손질하며 그곳을 새로 꾸며놓았었다. 아직 손볼 곳이 많이 남아있긴 하지만, 모두 해서 일이 년을 넘기지는 않을 듯했다. 그러나 이것들이 내 미래의 삶을 모두 채워줄 수 있을 것 같진 않았다. 난 생각하고, 행동하고, 움직여야만 했다. 어느 날, 이산화탄소의 구름을 우리 폐 안으로 유유히 토해내던 외곽순환도로 근처 경기장에서, 내 친구들 무리와 함께 달리기 연습을 하러 온 한 '신참'에게 내가 물었다.

"뭐 하는 분이세요?"

"회사에서 짤렸죠."

그는 '짤렸다'는 말을 북부나 피카르디 지방에서 하듯 발음했다.

"잘렸다고요?"

"그래요, 말하자면 조기 퇴직한 셈이죠. 36년 동안이나 몸 바쳐 일한 회사에서, 나한테 들어가는 돈이 너무 비싸다고 판단했답니다."

나도 잘린 걸까? 그런 생각을 떨쳐버릴 수 없었다.

도쿄에서 돌아오는 비행기 안에서, 서너 해 전에 나를 열광시켰던 자크 라카리에르Jacques Lacarrière, 1925~2005. 프랑스의 여행 작가의 《여정에서》라는 책을 다시 떠올렸다. 집에서 지중해까지 1000킬로미터 정도 프랑스 시골을 가로지르는 그의 고독한 여정은 날 단번에 사로잡았고 엄청난 즐거움을 선물해줬다. 나라고 흉내 내지 못할 이유가 있나? 메뉴를 따라가며 프랑스를 발견할 것, 시골 사람이나 빵집 주인과 수다―"만약 당신에게 문제가 생기면, 빵집 주인을 만나보시오"―를 떨 것, 이 멋진 이야기꾼은 그렇게 충고했다. 이런 식의 계획이 적어도 브리지 클럽보다는 나한테 맞는 방식 같았다.

조금씩 이런 생각이 들기 시작했다. 은퇴 생활이 내 모든 지표를, 그리고 인간관계의 많은 부분을 앗아가긴 하지만, 내게서 어떤 부담을 덜어주는 것 또한 사실이다. 돈을 벌어야 한다는 무시할 수 없는 의무 말이다. 하지만 동시에, 시간을 허비하지 않는 것이 문제였다. 시계가 언제 멈출지, 그 무엇도 알지 못하기 때문이다. 그래서 이 질문에 재빨리 대답했다. 걸으러 가자. 남은 일은 내가 발 디딜 곳을 발견하는 것이었다. 난 별로 망설이지 않았다. '인적이 있는' 길이어야 할 것이다. 난 궁중 쪽(왕궁)이 아니라 정원 쪽(농부)에서 역사를 설명한 페르낭 브로델Fernand Braudel, 1902~1985. 프랑스의 아날학파 역사학자의 책들을 탐독했다. 유명한 산책로를 택하거나, 걷기 위해서 걷는 것은 내 취향이 아니었다. 내게 필요한 건 사소한 이야기가 아니라 '역사'였다.

내가 곧바로 떠올린 것은 산티아고데콤포스텔라Santiago de Compostela였다. 지금이야 사람들로 북적대지만 1998년만 해도 그렇게 붐비는 곳은 아니었다. 지금부터 11세기 전에 세워진 그 길은, 예수의 제자 사도 야고보가 묻혀있다고 알려진 갈리시아로 향하는 수백만 명의 나막신 순례자를 끌어모았다. 어떤 신비로운 힘이 그들을 끊임없이 앞으로 나아가게 했을까? 거기엔 기독교적 권위의 계산과 믿음이 어느 정도씩 섞여있었을까? 그들은 단지 '면죄부'와 더불어 연옥

煉獄의 한 부분을 사려고 길을 떠났던 걸까? 현금처럼 쓰이는 금을 내는 대가로 저세상의 연옥에서 죄 사함을 약속해 준다는 그 엄청난 사기? 피해자들이 어떤 항의를 하더라도 사기꾼을 보호해줄 수 있던 꽤 괜찮은 사업이었으리라. 성스러운 로마 가톨릭 교회가 제공했던 이런 파렴치한 시장을 순진한 영혼들은 순순히 받아들였으며, 사람들이 로마의 권위에 대해 문제를 제기함으로써 프로테스탄트 교회가 분리되어 탄생하는 데 크게 이바지했다. 그렇다고 내가 오늘날 유네스코가 지정한 세계문화유산에 속하는, 산티아고로 향하는 길 위에 세워진 그 대성당 건축가들의 작품과 그들이 탄생시킨 숭고한 로마 예술을 잊었던 것은 아니었다.

떠나고 싶은 마음으로, 이미 나는 몸이 근질거렸다.

은행 계좌에 처음으로 은퇴 연금이 입금되고 딱 일주일 뒤부터 준비한 이 여행이 과연 어느 정도 도피의 성격을 지녔는지, 오늘날 말하기는 어려운 것 같다. 약간 변덕스러운 구석이 있었던 젊은 여자친구와 헤어진 것이 어쩌면 결심을 더 쉽게 만들어줬는지도 모르겠다. 사실 아내가 세상을 떠난 후, 나는 사랑에 관한 한 불구자나 마찬가지였다. 내 아이들의 사랑스런 엄마가, 정서적으로 여전히 내 모든 공간을 차지했던 것이다. '여자친구들'은 끊이지 않았지만, 그들은 내 사랑을 다니엘과 나눠 가져야 한다는 사실을 금방 깨달았다. 사진뿐만 아니라 우리 집의 모든 방마다, 다니엘은 나를 떠나지 않았으니까. 나의 정서 생활 속에 오고 간 여인들의 목록은 점점 길게 늘어났지만, 그 간격은 점점 더 짧아질 뿐이었다. 예순이 된 나는 극한의 운동을 통해 태워버려야 할 어떤 열정으로, 그리고 어떻게도 위로되지 않는 홀아비 역할 속에 자신을 가두지 않겠다는 의지로 넘쳤다. 비록 내가 위로받을 길은 없었지만 말이다. 청소년 때, 나는 노인들이 사랑에 빠질 수도, 섹스를 할 능력도 없을 거라고 혼자 생각했었다. 철없던 시절에 가졌던 또 하나의 착각이었다. 내겐 서른 살 때만큼이나 뜨거운 혈기가 끓어올랐으며, 여전히 사랑을 갈망하고 믿었기 때문이다.

콤포스텔라로 떠난다고 하면 친구들은 어떻게 생각할까? 난 오랫동안 여행 계획을 숨겼다. 내가 예측할 수 없는 인간이라는 건 익히 알려졌다. 순례자의 탈을 쓴 무신론자라며, 놀려댈지도 모른다. 어느 날 저녁 친구들과 저녁을 먹다가, 난 내 계획을 불쑥 던지고 나서 빈정거리는 혹은 놀리는 웃음소리를 기대했다. 하지만 몇몇 친구들이 자못 심각하게 말했다. "나도 그래볼까 생각하고 있어." 난 이미 생각해둔 게 있으니, 이제 행동으로 옮기는 일만 남아있었다.

하지만 그전에, 난 현역 생활로부터 은퇴 생활로 옮겨가는 데 따르는 상징적인 행위를 마무리해야만 했다. 떠날 날을 몇 달 앞두고, 소중했던 친구들과 가장 아름답게 만났던 사람들을 꼼꼼하게 정리해보았다. 그리고 3월의 어느 토요일에, 60명 혹은 70명 정도 되는 사람들 모두를 노르망디의 집으로 초대했다. 그들끼리는 서로 거의 알지 못했다. 그걸 보고 지금까지 살아오는 동안, 그리고 직업을 옮겨가면서 친구를 얼마나 구분해서 만나왔는지 새삼 깨달았다. 어린 시절의 친구, 고생하던 시절의 친구, 그리고 방송국에서 일하면서 대단한 인물이라도 된 양 으스대던 시절의 친구가 모두 거기 있었다. 바칼로레아^{프랑스의 대학입학자격시험} 이후 한참을 더 배운 친구, 그보다 훨씬 더 못 배운 친구. 지금은 식료품점을 하는, 유모차 타던 시절부터 만나왔던 기, 수리공인 마르셀, 몇몇 똑똑한 기자 혹은 예술가…… 그들이 모두 거기 있었고, 난 내가 한 번도 공을 들이지 않았는데도 저토록 쌓여간 우정이라는 보석의 아름다움을 음미했다. 우리는 정말 기억에 남을 밤을 보냈으며 거의 모든 친구가 일요일 정오에 다시 찾아왔다. 다들 이 축제의 도가니로부터 빠져나오기가 힘들었던 것이다. 우린 그냥 내키는 대로 커다란 불꽃을 피워 놓았으며, 빵과 고기 몇 조각, 샐

러드를 찾는 원정대를 끊임없이 내보냈고, 축제는 영원히 끝날 것 같지 않았다. 하지만 이윽고 밤이 돌아오자, 그들은 떠났다.

다음 날 아침, 개나리가 흐드러지던 창가에서 난 책 한 권을 집어들었다. 뭐가 문제인지도 모른 채, 같은 페이지를 계속 읽었다. 행간에 '고독'이라는 두 글자가 나를 물끄러미 바라보았다. 난 버림받은 것만 같았다. 일, 직업적 관계들, 일정을 적은 수첩, 활동 영역, 이 모든 것이 사라져버렸다. 전날 들었던 맹세에도 불구하고, 은퇴 생활이 필연적으로 나와 내 친구들을 멀어지게 하리라는 사실을, 난 알고 있었다. 고독한 사람에게, 우정은 찢어지는 게 아니라 시들어가는 것이다. 내게 남은 건 먹고살기에 약간 부족한 돈과 시간뿐이었다. 그걸로 무얼 해야 할지, 난 알지 못했다. 그 봄의 흐린 하늘 아래서 난 허우적거렸으며 내 손은 그저 한 줌의 물만 움켜쥘 뿐이었다. 숲 속 큰 집에 홀로 남겨져, 나는 타인들이 내게 얼마나 꼭 필요한 존재인지를 가늠할 수 있었다.

난 배낭을 꾸리고 몇몇 옷가지들을 챙겼고, 아이들에게 작별 인사를 했다. 4월의 어느 아침, 난 파리 아파트의 가구 위에 시계를 풀러놓은 후 등에 짐을 메고, 상징적으로 열쇠

꾸러미를 우편함 속에 던져넣었다. 그런 다음 스트라스부르 대로를 따라 생 자크 탑까지 갔다. 내 앞에는 세 달 간의 2300킬로미터 도보여행이 기다리고 있었다. 하지만 단지 걷기 위해서, 뭔가 배우기 위해 떠나는 것은 아니었다. 난 스스로 한 가지 약속을 했다. 길을 걸으며 나의 은퇴 프로그램을 세울 것.

도보여행 계획은 단순했다. 필요한 경우 가끔 하루를 쉬어가며, 매일 20에서 30킬로미터를 걷기. 정신적인 활동 계획도 그다지 복잡할 것은 없었다. 한 달은 지금까지의 삶에 대한 결산, 또 한 달은 이 새로운 삶에서 내가 정말 하고 싶은 게 뭔지 스스로 질문해보는 것. 일단 산티아고데콤포스텔라에 도착하면, 난 은퇴자로서의 '직업 계획'에 대해 필히 결정을 내려야 할 것이었다.

출발

출발하면서부터 약간 어긋나긴 했지만, 내 계획을 정한 대로 옮겼다. 첫날부터 수천 개의 소음기가 뿜어내는 배기가스로 가득 찬 파리 근교를 걸어서 가로지른다는 게 너무 무리가 아닐까 싶었다. 그래서 난 생 미셸에서 두르당까지 R.E.R(고속전철)을 탔다. 그곳으로부터 몇 시간을 걸어, 내 발길은 사랑하는 친구 프랑신과 다니엘의 집에 머물게 되었다. 따뜻한 침대 속에서, 난 평화로운 마지막 밤을 보냈다. 이제 유목민 같은 모험이 시작될 것이었다.

아침이 되자 친구의 집을 떠났다. 마음을 새롭게 다져먹었다. 비가 쏟아졌고 오른쪽 발꿈치에 물집이 생기긴 했지만, 난 곧바로 자유로움에 대한 신비를 체험할 수 있었다. 온몸으로 행복을 느꼈다. 그리고 바람을 정면으로 맞으며 천천히 걸어나갔다. 해가 졌을 때, 도착한 마을의 유일한 여관이 그날 문을 닫았다는 걸 알았다. 친구와 한잔하던 여관 주인이 조금 망설이며 문을 열어주었다. 내 설명을 들은 그는 침대 시트 한 벌과 함께 공짜로 방을 내주었다. 내가 만약 자동차로 왔다면 그는 분명 면전에서 문을 닫았을 거라는 확신이 들었다. 하지만 이렇게 두 발로 선 나는, 단순한 손님이 아니라 한 인간이었던 것이다. 고대로부터 내려오던 손님을 환대하는 관습이 다시 재현되고 있었다. 한 달 동안 여행의 첫 단계인 파리에서 베즐레까지, 그 후엔 르퓌-앙-벨레까지 오는 길 위에서, 그런 환대를 확인할 기회가 자주 있었다. 어느 곳에서든지 대문과 마음을 열어주었다. 인간의 차원에서, 따뜻한 교감을 다시 발견할 수 있었다. 어떤 은퇴 부부는 내게 점심을 대접했으며, 또 어떤 이는 캠핑카를 내줘서 차 지붕 위로 연주하듯 떨어지는 빗소리를 밤새 듣기도 했다. 딱 한 번…… 어느 수도원은 내게 환대 베풀길 거부했다. 착한 신부님들께서 내가 신을 믿지 않는다는 걸 알아채신 모양이었다. 그들은 밥 한 끼도 팔 수 없다고 거절했지만, 고집을 부려서 겨우 샌드위치 하나를 샀다.

4월의 소나기로 흠뻑 젖은 채 걸으면서, 난 환히 열린 세상을 발견했다. 아무리 사소한 모험일지라도, 그것은 나의 시각과 사물을 보는 관점을 바꿔놓았다. 난 아무것도 아닌 일에도 즐거워했으며 모든 사람과 이야기를 나눴다. 어느 날 밤엔 성 꼭대기에서 잠자기도 했다. 성이 파산하는 걸 막기 위해 주인이 세를 놓은 곳이었다. 운하를 따라 걷다가, 내 발걸음만큼이나 천천히 움직이던 보트의 선원과 말을 트게 되었다. 수문에 도착하자 그가 배에 타라고 하더니 깔끔하게 정리된 작은 선실을 보여주며, 자신의 직업과 가족, 선원 자녀들이 가는 중학교에 입학한 자기 아들 얘기를 해주었다. 한 시간 동안 뱃머리에 앉아서, 회색빛 왜가리들이 조심스럽게 걸어오다가 우리와 가까워지자 힘껏 날아오르는 모습을 꿈꾸듯 바라보았다.

비는 끝없이 내렸다. 물이 외투 속으로 스며들어와 다리를 따라 흘러내려 신발 속까지 들어왔다. 하루에 두세 번씩, 걷다가 멈춰서 신발 속 물을 비워내고 양말을 쥐어짠 다음 모든 걸 다시 챙겨 신어야만 했다. 하지만 무언가를 발견한다는 행복 속에서, 나는 특별히 서두르지도 않고 다만 걸었다. 가끔씩 발길을 멈추고 길 위를 낑낑대며 기어가는 벌레나 따뜻한 봄기운에 돋아난 체리나무 싹이 풍성한 열매를 약속하는 모습을 관찰하곤 했다. 나는 이렇듯 느릿느릿한 진도에 매료되었다. 공부와 일과 돈을 좇아 바삐 뛰어다니느라 세월을 보낸 후 새롭게 알게 된 느림이었다. 천천히 걷기 위해 애썼으며, 유전자 속에 각인되어 자꾸 나를 부추기는 서두름을 최대한 억제하려 했다. 급한 것, 필요 없는 것, 피상적인 것 들로부터 나를 비워내고자 했다. 상징적으로 머리까지 밀어버렸다. 싸구려 일회용 면도기를 써서 두피까지 벗겨진 탓에, 일주일 동안 내 머리는 딱지투성이었다. 하지만 마치 처음으로 젖병을 무는 아이처럼, 그런 건 신경 쓰지 않았다. 반면 하룻밤 자려고 몰래 들어간 목동의 숙소를 포함해서 잠자리 환경이 어떻건 간에, 신기하게도 나는 매일 면도했다. 그건 나로선 일종의 정신적인 청결을 의미했다. 비록 누구나 그렇듯이 매일 아침 면도하는 일이 지겹다고 생각하면서도, 밤 동안 어질러진 것들을 치우면서 하루를 시작하자는 것이었다. 깨끗하게 준비된 몸으로 하루를 맞고 싶었다. 일종의 정신을 드높이는 행위라고나 할까.

한 달 동안 매일매일, 내 인생의 결산을 내보자는 자신과의 계약을 성실하게 수행했다. 마치 벽돌공이 된 것처럼, 든든한 기초가 있는 땅을 준비하지 않고서는 아무것도 건

설할 수 없다는 확신이 들었다. 어디로 갈지 결정하기 전에, 어디로부터 왔는지 분명하게 파악할 필요가 있었다. 3번과 13번 두 개의 산책 일주로를 걸으며, 매일같이 내 인생의 타임머신을 돌렸다. 정말 환상적인 훈련이었다.

새벽 첫걸음을 떼면서부터 전날 잠자리에 들 때 끊겼던 내 인생의 실타래를 다시 풀어나갔다. 한 걸음 한 걸음 나아갈 때마다, 나라는 존재를 재검토했다. 가장 오래된 어린 시절의 추억, 사춘기, 학업, 거쳐간 직업들, 만난 사람들, 내가 거둔 성공과 실패, 이 모든 것이 기억의 회전기 속으로 빨려 들어갔다. 시간을 거꾸로 거슬러 올라가는 일은, 유난히 맹렬하게 퍼붓던 소나기에 토끼가 놀라 달아나고 말똥가리가 날아오르던 좁은 오솔길에서 여우와 마주쳤을 때에야 멈추었다. 과연 여우와 나 둘 중에 누가 더 놀랐을지, 아직도 혼자 생각해본다. 내 자신이 유일한 증인이고 배우였던 이 시간 동안, 스스로 자신에게 어떤 아량도 베풀지 않았고, 과거에 범했던 몇몇 비겁하고 파렴치한 행동을 고백하는 걸 피하지 않았다. 몸은 앞으로 가게 내버려둔 채, 정신은 과거를 되새기며 뒷걸음질치는 데 열중했던 것이다.

여행 초기 가장 아름다운 발견 가운데 하나는, 활동을

안 하면서 거의 빈혈 상태에 빠졌던 내 몸이 다시 만들어졌다는 거다. 도시 생활은 우리를 앉은뱅이로 만들어버렸다. 이제 앉은 자세가 가장 보편적이고 일상적이다. 사무실의 등받이 의자, 대중교통의 좌석, 거실에서 TV 보는 소파, 그리고 침대. 이제 엉덩이가 발바닥 이상으로 우리를 지탱해준다. 첫걸음은 고통스러웠다. 발의 근육과 허벅지, 등은 이런 일에 익숙하지 않았던 게다. 아침마다 기진맥진한 몸은 발의 근육에 시동이 걸릴 때까지 마비 상태였다. 땀과 뒤섞인 물에 흠뻑 젖은 발은, 끝도 없이 내리는 비로 약해지고 말랑말랑해진 살갗 탓에 말을 잘 듣지 않았다. 도보여행 강의를 듣지 않았던 나는 스스로 해결책을 만들어냈다. 저녁마다 신발을 잘 씻은 후 말릴 것. 혹시 아침까지 신발이 축축할 때는 조금이라도 해가 날 것 같으면 바로 배낭 뒤에 걸어놓을 것. 신발 안에 신문지를 잔뜩 집어넣어서 물기를 흡수하도록 할 것, 그래서 다시 길을 떠날 때 단 몇 시간이라도 좀 더 편안할 수 있게 할 것. 조금 오래 쉬게 될 때마다, 신발을 벗어서 터진 물집들이 곪지 않고 마르도록 나는 발에 바람을 쐬었다.

자체적으로 좋은 평가를 내릴 수 있었다. 첫 주가 끝날 무렵 기진맥진한 상태는 사라졌으며, 이대로라면 앞으로 걸을 세 달 동안 더는 물집이 생길 것 같지는 않았다. 두 주 뒤, 근육에 전혀 문제 없이 30킬로미터 행군을 할 수 있을 만큼 좋은 상태가 되었다. 인간 육체의 이 멋진 살과 뼈와 힘줄은 단지 걸을 수 있게 만들어지고, 구상되고, 조직되었던 것이다. 이 일은 그저 약간의 에너지만 필요할 뿐이다. 다만 배낭에 짓눌린 등은 여전히 고통스러웠다. 불과 얼마 전까지만 해도 살아남는 데 꼭 필요하다고 여겼던 물건 몇 개와 옷가지를 버렸다. 정신적으로, 또 육체적으로 가벼워진 느낌이었다. 양말 두 켤레만 있어도 충분히 살 수 있으리라는 생각이 들었다. 허리띠 주위에 부어오른 살이 행군의 추진 장치라고 할 다리와 엉덩이 속으로 근육처럼 변해가는 그 황홀한 연금술을, 움직이는 내 몸 안에서 거의 손으로 만질 듯이 느끼고 있었다. 인간이 서있도록 지탱해주는 복근이 단단해졌다가 다시 부드러워졌다. 나는 완벽하고 날렵하고 유연한 존재로 거듭나고 있었다. 근육이란 약간 자극만 하면 생겨나서, 나이하고는 상관없었다. 몸이 다시 만들어지면서 나도 다시 젊어졌다. 내 신체기관은 엔도르핀이라 부르는 그 행복의 호르몬을 끝없이 만들어냈다. 그건 배낭의 무게에도 불구하고 나를 거의 춤추게 만드는 자연적이고 유익한 마약 같았다. 걷는 건 고통이라 말하는 책벌레는 아마도 오래 걸어본 적이 단 한 번도 없으리라.

행복은 단순히 육체적인 것만이 아니다. 몸이 리듬을 준다. 행군이 어떤 정신적 동력을 이끌어내고 있었다. 생각하는 행위를 그렇게 기쁘게 느낀 적은 이제까지 한 번도 없었다. 걷는다는 건 육체적이기보다 정신적 훈련임을 그때 깨달았고, 이후에도 수없이 확인할 수 있었다. 그것은 어두운 생각을 사라지게 한다. 언덕 꼭대기에서 저 아래 오솔길의 나무들이 굽이치는 지평선을 바라보고 있으면, 모든 문제는 결국 상대적일 뿐이다. 나는 눈으로, 몸으로, 생각으로 세상을 흡수했다. 자연과 공생하며 창조의 중심에 있었던 것이다. 은퇴를 통보받으면서 나를 포위했던 모든 근심이, 내가 기쁜 마음으로 밟아가는 진창 속으로 떨어져 녹아 없어졌다. 내 인생 이야기를 내 자신에게 들려주는 일에 전념하며, 나날이 좀 더 튼튼해져가는 다리에 의존해, 나는 나를 둘러싼 세상과 균형을 이루어갔다. 내 견고한 일상이었던 뉴스도 잊었고, 매일 작은 스크린 위에서 습관처럼 펼쳐졌을 사람도, 불행한 이야기도 잊었다. 어떤 여성이 콤포스텔라에서 돌아온 후 TV를 아파트 창문 밖으로 던져버렸다고 내게 말했다. 병이 고쳐진 것이다! 무리하지 않으면서 편안하고 즐겁게 걸어갔으며, 이런 은밀한 기쁨은 다른 사람과의 관계에도 영향을 미쳤다. 집에만 틀어박혀있는 사람들을 간혹 마주칠 때마다 그들이 놀라는 것을 즐기며, 나는 유쾌하고 친절한 사람이 되어갔다. 자칫하면 너무 도취되어 나 자신을 영웅 취급할지도 모를 만큼 밥그릇과 신문과 따뜻한 난방을 과감히 박차고 나온 나를 만났다.

사회보장제도의 구멍을 막기 위해서는 사람들을 걷는 일에 파견해야 하리라. 은퇴자들이 매일 아침 30분씩만 걸어도 그들은 자신에게 배급되는 약상자와 주치의의 전화번호를 금방 잊게 되지 않을까?

약간의 운동은 유익하다. 하지만 나는 그리 모범이 될 만한 사람이 아니다.

천성이 게을렀던 나는 의무적으로 해야 할 때만 뭔가를 하는 사람이다. 하지만 불행하게도, 지나치게 풍부한 상상력의 소유자여서 스스로 무제한의 행동을 요구하는 계획을 만들어낸다. 그래서 내 게으름이 자극을 하여, 열심히 빠르게 일해서 나를 쉬지 못하게 만드는 짐을 최대한 빨리 덜어버린다. 그러곤 끝나자마자 다시 시작한다. 몽테뉴^{Michel Eyquem de Montaigne, 1533~1592. 《수상록》을 쓴 프랑스의 철학자}가 말했던 '도르래'라고나 할까. 이런 상황이었던 탓에, 어른이 된 후 늘 진정한 여가, 곧 휴식을 거의 가져보지 못했다. 주말이나 여름휴가 동안 나의 유일한 심심풀이라고는 노르망디 집에서 흙손과 곡괭이, 망치 따위를 만지작거리는 일뿐이었다.

나는 평생 두세 번 운동을 해봤는데, 그것도 의무 때문이었다. 치료를 겸한 운동. 열아홉 살 때, 일 년 동안 폐결핵 치료를 받고 퇴원했다. 상태가 꽤 심각했기 때문에, 당시 엄격하게 신병을 배에 실어 알제리로 보내던 군대조차 나를 곧바로 제대시켰다. 우리 가족 주치의가 내게 경고했다. "이 병은 젊은 사람도 예외가 없네. 병원에서 자네랑 같은 방을 쓰던 장이, 바로 얼마 전 서른두 살에 죽었지. 자넨 아직도 보균자야. 자신을 보호하고, 몸을 아끼고, 잘 쉬어야 하네. 술·담배도 안 되고, 햇볕에 너무 노출돼서도 안 되고, 과로는 절대 금물이네." 바로 며칠 전에, 나는 그 불행한 병원 동료를 방문했었다. 그는 낙천적이었다. "이제 날이 좋아졌으니, 집에서 일주일 정도 보내게 해달라고 요청할 생각이야." 장은 그렇게 말했었다. 이 끔찍한 병은 그를 부드럽게, 고통 없이 죽음으로 이끌었다. 그는 예정된 시간에 병원을 나왔으나, 슬프게도 주검이 되어서였다.

나는 실의에 빠진 채 집에 돌아왔다. 우선은 장이 죽었다는 소식을 들어서였고, 또 한편으론 사람 좋은 드뤼커 박사가 내 젊음을 묻어버리라고 권고한 사실 때문이었다. 박사의 세 아들은 각자 자기가 하고 싶은 일을 하며 눈부시게 빛나고 있을 테지. 그런데 열아홉 살의 내게는 노인의 프로그램을 처방해주다니. 두 달이 지난 후, 나는 그를 다시 보러 가서 이렇게 알렸다. "전 선생님이 제게 얘기했던 걸 반대로 행하기로 했습니다. 쉬지 않을 겁니다. 체육 선생님이 되는 시험을 준비하기로 결심했거든요. 그래서 매일 네다섯 시간 동안 운동을 할 겁니다. 불행히도 전 시간을 때우려고 병원에서부터 담배를 피우기 시작했고, 끊고 싶은 마음도 생기지 않네요. 또 저녁에 외출하는 거나 춤추러 다니는 문제는요, 제 여자 친구 때문에 그만둘 수 없습니다. 그걸 너무 좋아하거든요. 그래서 제가 선생님께 드리려는 제안은 세 달마다 선생님을 만나러 오겠다는 겁니다. 전 죽고 싶진 않지만, 사는 걸 멈추고 싶지도 않거든요. 이건 도박이겠죠. 일이 잘못된다면 단념하겠지만, 제 운을 시험해보고 싶어요."

2년 후, 나는 캉에 있는 말레르브 고등학교 운동장에서 햇볕에 그을린 건강한 몸으로 체육교사 일을 시작했지만…… 세 달 후에 그만두고 말았다. 가르치는 일은 내 적성에 맞지 않았다. 그곳을 거쳐간 시기가 워낙 짧았던 탓에, 내가 은퇴를 앞두고 '청산'을 하려고 했을 때 교육부에서 그 흔적을 찾을 수 없을 정도였다. 늘 그런 식이어서, 이젠 자연스러운 일이 되어버린 듯싶다.

마흔이 될 때까지, 나는 모든 스포츠를 포기했었다. 그저 가끔씩 조카들과 축구 한 게임을 하거나 일 년에 두 번씩 일요일 아침에 테니스를 치는 정도였다. 나는 골루아즈나 지탄을 하루에 한 갑씩 피웠다. 식구들은 항상 구름 속에서 살았던 셈이다. 이런 해로운 습관으로 후각을 잃어버린 탓에, 사무실 재떨이에서 나는 악취가 아무렇지도 않은 사람은 유일하게 나뿐이었다. 한두 번 금연하려고 시도해보았으나, 비참하게 실패하고 말았다. 십 년 전에 내 동생 로제가 흡연자가 걸리는 암으로 죽었을 때조차, 나는 담배를 끊지 못했다. 오히려 그 반대였다. 사랑하는 동생의 죽음을 모른 체했다는 사실이 너무나 고통스러워서, 종일 쉬지 않고 담배를 한두 갑씩 피워댔던 것이다. 이 강력한 마약은 나를 예민하고 신경질적인 사람으로 만들었다.

어느 일요일 아침, 나는 금연하기로 결심했다. 니코틴 결핍이 주는 스트레스를 잊게 할 무언가를 찾기 위해서(나는 니코틴 패치나 캡슐 같은 대용약품의 사용을 거부했다), 그리고 다시 무너지고 싶은 유혹에 저항하기 위해서, 산책을 시작했다. 점심을 먹는 대신, 매일 외곽도로 근처 경기장에 가서 다른 걷기 애호가들과 함께 약간 빠른 속도로 걸었다. 몸매에도 신경을 쓰고 있었고 또 어쩔 수 없이 새 옷을 사게 되길 바라지 않았던 나는, 이런 운동 덕분에 1~2킬로그램 정도밖에 몸이 붇지 않았고 기본 근육이 생기게 되었다.

여섯 달 뒤 20킬로미터 달리기를 시작했고, 일 년 후에 참가한 첫 마라톤에서 3시간 40분을 기록했다. 그러던 어느 날, 베어놓은 건초의 매혹적인 냄새를 시골에서 다시 맡을 수 있게 되었을 때, 나는 최고로 행복했다. 나쁜 습관을 지워버리고 더 건전한 다른 습관으로 교체했기 때문이었다. 그 후 십 년 동안, 매년 정기적으로 한 번 혹은 두 번의 마라톤 대회에서 달렸으며, 심지어 100킬로미터라는 무시무시한 도전을 시도하기까지 했다. 내가 거둔 성과는 보잘것없었지만(내 개인 '기록'은 3시간 20분이다), 개의치 않았다. 이런 유형의 달리기에서 좋아했던 것은 참가한 사람 사이의 축제 같은 분위기, 그리고 선두에서 달리는 프로 선수와는 달리 어떠한 경쟁심도 없이 단지 함께 달린다는 사실이 주는 즐거움 같은 것이었다. 언젠가 한번은, 이 신화적인 시도에 도전한 어떤 맹인과 함께 달린 기쁜 경험도 있다. 그는 내 어깨 위에 손을 얹으며, 때론 내가 손을 잡아 안내하며 정말 열심히 경주를 했다. 우리가 함께 이뤄낸 기적 같은 그 시간에 대해, 난 어떤 말로도 표현할 수 없을 것이다. 그것은 아마도 내게 가장 강렬한 행복을 안겨준 경주였다.

마라톤이란, 더 빨리 가려고 하는 몸과 마지막을 위해 '여력을 남겨두려고' 애쓰는 정신 사이의 싸움이다. 우리 모두는 강하건 약하건 느리건 날쌔건 간에 35킬로미터 지점에서 고비를 맞기 때문이다. '최대한 천천히 출발하고 그 후엔 브레이크를 조금 걸 것'이라는 마라톤의 법칙을 나는 아주 좋아한다.

다니엘이 세상을 떠난 후, 나는 달리는 걸 그만두었다. 더 이상 아무것에도 흥미가 없었다. 그런데 은퇴하기 2년 전인 1996년에, 큰아들 마티외가 내게 도전해왔다. 자기랑 같이 그 유명한 뉴욕 마라톤 대회에서 뛰자는 것이었다. 나는 곧 훈련을 다시 시작했고, 그 덕에 사는 맛도 조금 느끼게 되었다. 준비할 시간이 세 달밖에 남지 않았지만, 그 시험을 통과하기엔 충분했다. 하지만…… 완주한 건 나 혼자였다. 아들 녀석이 마지막 순간에 포기해야만 했기 때문이다. 대서양 저편에서 열린 이 마라톤을 즐겁게 달렸고, 그곳의 축제 분위기가 아주 마음에 들었다. 그리고 42.195킬로미터 중에서 마지막 몇 미터가 가장 고통스러움을 다시 한 번 확인했다. 그다음 해, 에너지가 충만한 나는 실크로드 걷기 대회라는 무모한 도전에 뛰어들었다.

걷기 경주를 통해 나는 근육과 심장 쪽을 잘 단련했다. 하지만 콤포스텔라를 향해 출발할 무렵, 나는 몇 달 전부터 더 이상 훈련하지 않고 있었다. 아마도 '노인네'가 그렇게 힘을 빼서는 안 된다고 생각했던 것 같다. 내가 늙었다는 생각이, 머릿속에 자리 잡고 있었던 게다. 나는 그런 생각을 근육으로써 밀어내려고 했다. 걷기 경주가 내게 가져다준 것은 바로 그런 지구력이었다. 몇 주 동안 걸은 후, 그 일상적인 습관을 통해 얻은 이득을 나는 마음껏 누릴 수 있었다. 큰 힘 들이지 않고 기꺼이 즐거워하며 걸었던 것이다.

처음 3주 동안, 나는 철저하게 고독한 도보여행자였다. 그런 고독이 버거운 건 아니었다. 떠나기 전에 나를 짓누르던 부재不在의 고통과는 전혀 다른 성질의 것이었다. 그건 자유롭게 선택한, 기분 좋고 창조적인 고독이었다. 22일째 되던 날, 사건이 있었다. 맑은 하늘에는 태양이 빛났다. 자그마한 숲 속의 좁은 오솔길을 씩씩하게 걷고 있었는데, 나와 똑같이 생긴 형체가 내 쪽으로 걸어오고 있었던 것이다. 모자에 군화, 배낭, 그는 마치 형제처럼 나와 닮아있었다.

우리는 서로를 향해 다가갔고, 굳은 악수를 나눈 후 말라버린 히스나무 덤불에 앉아 오래된 친구처럼 한 시간 동안 담소를 나누었다. 그는 알프스 산맥에서 작은 철공소와 자물쇠 제조업을 하고 있었는데, 작업실이 몽블랑 쪽으로 나있다고 했다. 그는 오베르뉴에서 태어났으며 고향의 냄새를 맡으러 가는 중이었다. 2년 후에 그도 은퇴한다고 했다. 그는 벌써 계획을 세워두었다. 두 달 동안 천천히 시간을 들여가며 자신의 고향을 돌아보는 것. 만약 주변의 다른 사람들이 내켜하지 않는다면, 그들은 그냥 산책이나 시키고 자신은 지체하지 않고 길을 떠날 거라고 했다. 마치 소요학파逍遙學派, 산책하며 제자를 가르쳤다는 고대 그리스 철학파의 모임이라도 되는 양, 우리는 교감의 열기 속에서 한동안 걷기에 대한 이야기를 나누었다. 며칠 동안이나 비가 온 뒤라 부식토 냄새가 4월 말의 햇볕 아래로 솔솔 풍겨왔다.

그와 헤어지면서, 은퇴란 것이 내가 두려워했던 어두운 수렁이 아닐 수도 있겠구나 싶었다. 모든 가능성의 시작이며 완성일 수도 있다는 것이다. 건강만 허락한다면, 인생의 어느 나이에 그만큼의 성공적인 조건을 누릴 수 있을 것인가? 나는 이미 소중한 시간을 발견한 바 있었다. 그 남자가 자신의 직업과 그것이 자신에게 가져다준 것들을 길게 늘어놓는 걸 들으며, 나의 일과 내가 읽었던 책이 내 존재를

얼마나 풍성하게 해주었는지 가늠해보았다. 지금까지 살아
오는 동안, 나는 책을 읽었고, 영화를 봤고, 이야기를 들었
고, 몇 가지 분야에서는 우리의 대학이 만들어내는 유식한
학자의 그것과 견줄 만큼의 문화를 얻을 수 있었다…… 내
빈약한 기억력이 그중 일부를 지워버리지 않았다면. 이렇
게 축적된 모든 경험도 나의 꿈꾸는 능력을 손상시키지는
못했고, 오히려 그 반대였다. 무엇과도 비교할 수 없는 혜
택을 입은 나는, 세월이 가면서 아주 천천히 돈이 꼭 필요
하지 않은 상황 속에 살게 되었다. 어렸을 때 가난한 아이
로 자라다 보면, 평생 돈에 쪼들리지나 않을까 전전긍긍하
게 된다. 달랑 소고기 스튜와 단 과자 몇 가지가 전부였던
우리의 호사스런 결혼 만찬이 끝난 후, 다니엘과 나는 수중
의 전 재산을 계산해보았다. 탈탈 털어 100프랑이었는데,
그것도 너그러운 친척 아저씨와 아주머니가 식탁을 사라고
준 돈이었다. 우리가 바닥에서 끼니를 때우는 걸 아신 후(그
땐 아직 관절이 젊고 유연했기 때문에 그렇게 힘든 일은 아니었다), 그
분들은 우리가 편하게 자리 잡고 밥 먹는 모습을 보고 싶었
던 게다. 하지만 우린 워낙 궁핍했고 그 돈으론 무엇보다
먼저 먹을거리를 사야만 했다. 몇 달 동안의 절약으로 마침
내 식탁을 마련하고 아저씨와 아주머니를 초대했을 때, 당

신들이 한 선물에 매우 만족스러워했다.

항상 내가 번 것보다 조금이라도 덜 쓰려고 노력한 끝에, 나는 이제, 불행히도 홀로, 작은 부동산을 갖게 되었다. 도시와 시골에 집 한 채씩. 비록 별것 아닌 이 재산은 내가 마지막 숨을 쉴 때까지 악천후로부터 나를 보호해줄 것이다. 머물 곳은 이제 되었다. 먹는 문제에 대해서는, 역시나 대단한 건 아니지만 이제 막 첫 달치를 타게 된 은퇴 수당 덕에 배를 곯는 일은 절대 없을 것이다.

이런 것을 내가 얼마 동안이나 누릴 수 있을까? 대답 없는 질문이지만, 주변을 돌아본 결과 낙천적으로 생각할 만한 이유가 분명 있었다. 우리 세대는 또 다른 발전을 이뤄냈는데, 앞서 언급했듯 사회보장제도 쪽에서 보자면 이득이 되는 부분이다. 그것은 바로 영양관리다. 이는 아마도 우리의 건강 상태를 전반적으로 양호하게 만드는 데 크게 이바지하는 듯하다. 일종의 역설이라고도 할 수 있는데, 사회보장제도의 '적자'가 노인들이 모두 운동을 해 건강해져서 절약된 돈으로 메워진다 해도, 결국 그 제도의 수혜자들이 더 오래 살게 됨으로써 퇴직연금 금고는 계속 구멍 나버리기 때문이다. 어쩔 도리가 없다. 결국 더 적은 돈을 가지고 더 잘 사는 방법으로 해결하는 수밖에.

우리 가족의 이야기는, 이농離農 캠페인에 따라 도시로 쫓겨가듯 떠난 모든 사람의 대표적인 사례다. 부모님이 아직 도버해협 남쪽의 작은 마을에 살고 있었을 때, '세수 테이블'이라 불리던 작은 탁자 위의 물병 하나만으로도 식구들 모두가 아침에 몸을 씻기에 충분했다. 서리가 내린 겨울 아침, 추위로 창문에 아라베스크 무늬가 그려지던 때, 난방 하나 없는 작은 방의 따뜻한 침대에서 빠져나와야만 했을 때, 어린 우리는 세수 대신 젖은 장갑으로 코를 문지르곤 했다. "꼭 고양이들 같구나." 어머닌 우릴 보고 그렇게 말했다. 학생에게 청결의 규칙을 주입하고자 했던 학교 선생님은, 우리가 교실에 들어올 때마다 손을 검사했다. 그럼에도 우린 비누를 많이 쓰지 않았다. 빨래 일을 하던 어머니는, 전쟁 중에 수입을 좀 늘려보고자 빨래통 안을 뭔가 마술 같은 방법으로 휘저어서 손수 비누를 만들었다. 그것은 가성 소다, 화덕에서 나온 재, 아버지가 집 옆 숲에서 가져다준 송진, 마로니에 열매 같은 다양한 재료로 만들어졌는데, 어머니는 특이하게도 거기에 포도주 병마개를 더해서 혼합물이 예쁜 색을 띠게 했다. 조부모님은 내가 아는 한 평생 단 한 번도 강가에서라도 목욕을 한 적이 없다. 부모님은 대략 한 달에 한 번 정도 우리를 마을 목욕탕에 보냈으며 당신들은 일 년에 한두 번 갈 뿐이었다. 내 아이들과 그 또래 친구들은 하루에 최소 한 번은 샤워를 한다. 나로 말하자면, 결혼하고 나서야 매일 샤워를 했다. 다니엘은 매일 씻고 매일 셔츠를 갈아입어야 할 필요성을 내게 설교했다. 일주일 동안 입었던 옷을 일요일마다 깨끗하게 빨아서 가져다주던 어머니의 주간 행사가, 조금은 그립기도 했다. 얼음이 언 강에서 추워 마비된 손으로 수천 번 문질러 씻은 그 깨끗하고 부드러운 속옷.

어린 시절 내가 살던 숲 속 마을에서는, 여자는 일과 출산으로, 남자는 가혹한 작업과 술로 인해, 쉰이면 기력이 약해졌다. 예순 살은 대단한 나이였다. 백 년 전쯤 65세 정년이라는 제도가 만들어졌을 때, 그 나이까지 살아있는 남자는 대개 서넛 중 한 명뿐이었다. 그리고 직장인이 봉급의 일부를 적립하여 은퇴자에게 나누어주는 제도가 선택되었는데, 이는 분담금을 내는 직장인 가운데 다른 사람이 낸 돈으로 만들어진 수입의 혜택을 몇 년 간이라도 받게 되는 경우가 네 명 중 하나에 불과했기 때문이었다. 1920년대에는 아주 오래 사는 경우가 워낙 드물었기 때문에, 이웃 마을에서는 어떤 노인이 100세가 되자 근방의 모든 유명 인사가 모여 대리석판 위에 축사를 다 새겨넣을 정도였다. 오늘날 화젯거리가 되려면 적어도 110세는 되어야 할 것이다.

물론 나를 안전하게 묘지까지 이끄는 길 위에서 몇 가지는 망가질 것이다. 사람들은 작은 불행을 겪어야 할 고통으로 감수한다. 나는 가능한 한 자연적 치료를 추구하고, 어쩔 수 없이 강제로 먹어야 할 때만 약을 찾는다. 독감이나 가벼운 감기 정도에는 어떤 약도 먹지 않는다. 지금까지 처방전에 의존하는 사람보다 내가 얼마간 더 고통을 겪었을지는 모르겠지만, 결과적으로는 더 강해지고 저항력도 더 생긴 것 같다. 나는 졸음을 부르는 작은 약들을 거부하고 불면증을 감수한다. 알록달록한 캡슐들을 찻숟가락으로 하나씩 삼키는 고역을 당하지 않도록 온 힘을 다해 저항할 것이다. 슬프게도, 거의 선택의 여지도 없이 아침 식사 때마다 그걸 삼켜야 하는 이들을 가끔 본다. 좀 더 잘 버티려면 몸이 튼튼해야 하므로, 난 의사가 처방해준 약을 이따금씩 사지 않는다. 간혹 어느 순간 걱정이 되어 그것들을 사게 될 때면, 난 하루 이틀 사이에 다 먹어버리려고 노력한다. 하지만 내 뜻대로 되지만은 않아서, 깜빡하고 만다. 심리학자는 이런 증상을 '착오 행위'라고 부른다. 이 모든 건 분명 나를 암이나 심장마비로부터 보호해주지 못할 것이다. 난 늙은 채 살길 바라지 않는다. 딱 한 가지 바람이 있다면, 그건 건강히 살다 죽는 것이다.

내 60년 인생의 이미지들이 이렇게 펼쳐져갔다. 빗속을 걸을 때부터 따라다닌 이런 생각들은 해가 난 후에도 계속 이어졌다. 매일매일, 은퇴라는 것이 덜 우울하게 받아들여 졌다. 어쨌거나 난 아직 젊다고 스스로 느끼고 있었던 거 다. 그래서 만약 또 다른 다니엘과 우연히 마주치게 된다 면, 난 그녀를 충분히 유혹할 에너지와 의지를 지니고 있었 다. 한 걸음 한 걸음씩, 난 내가 정해놓은 첫 번째 긴 여정 의 끝, 르퓌-앙-벨레에 다다르고 있었다. 이 아름다운 지 방 도시의 언덕은 둥글게 펼쳐졌으며 봄이 용솟음치고 있 었다. 곧이어 코르네유 바위라고 불리는 화강암 꼭대기에 있는 불후의 프랑스 성모聖母 동상과 대성당의 종탑이 보였 다. 이렇게 높은 곳에 자리 잡은 성당 덕분에, 이곳은 다른 어떤 프랑스 도시보다도 신자들이 하늘에 가까이 다가갈 수 있는 기회를 제공한다.

모험의 세 단계 중 첫 번째를 마무리한 도시의 작은 호 텔에서, 배낭을 풀었다. 두 번째 단계는 롱스보까지 가는 길인데, 전설에 의하면 그곳에서 성聖기사 롤랑의 "손상되 지도, 부러지지도 않는" 충실한 검 뒤랑달이 적의 목을 슥 하게 베었다고 한다. 피레네 산맥 꼭대기를 넘어 스페인의 측면을 향하게 될 때쯤이면, 아마도 난 내 삶의 마무리에 대한 질문에 스스로 답했을 것이며, 앞으로 몇 년이나 남았을지 모르는 내 삶의 의미를 발견했을 것이다. 이런저런 풍경을 지나쳐 오면서, 난 내가 빈털터리가 아니라는 걸 확인했다. 그동안의 많은 시간, 약간의 교양과 돈과 경험을 지니고 있으니 말이다. 이 모든 걸로 채워진 가방이 있다면, 뭔가 할 수 있을 것이다. 하지만 무엇을?

날 저버린 적이 거의 없었던 행운이, 나를 도우려 하고 있었다.

콤포스텔라 길 위의 깨달음

어깨에 배낭을 메고 르퓌-앙-벨레 대성당 계단을 지나 멀리 콤포스텔라로 이어지는 급한 경사길을 따라 내려오기 전에, 미리 '크레덴시알'을 하나 사뒀었다. 이 작은 주름 잡힌 상자는 순례자에게 그의 여행을 증명해주는 일종의 여권 같은 것이다. 예전에 사제들이 산티아고로 떠나는 교구 신도에게 주었던 '신용장' 비슷한 것이다. 이 편지는 자신의 영혼을 구하러 스페인으로 떠나는 진짜 순례자와 가짜 순례자인 거지를 구분해주었다. 이 길에서 숙소와 먹을 것을 공짜로 얻을 수 있음을 알아채고 모여든 캄비오의 식객이 많았던 탓이다. 모든 숙소는 오늘날 순례자들의 크레덴시

알에 확실하게 도장을 찍어줌으로써 그들이 실제로 전진하고 있음을 증명해준다. 이 통행증은 갈리시아 도시의 관리자에게 도보여행자가 콤포스텔라를 걸을 자격이 있다는 증거가 된다. 각자 자부심을 갖고 내세우는 일종의 학위와 같다. 사실 이것의 가치는 그리 대단하지는 않은데, 누구라도 걸어서건 자전거를 타고서건 최소 100킬로미터를—'진짜' 도보자에겐 보잘것없는 코스지만—주파하면 얻을 수 있기 때문이다. 더욱이 콤포스텔라가 이제 더 이상 연옥에 드는 걸 보장해주지 않음으로써 이미 그곳은 종교적 의미를 잃어버렸다. 하지만 이것을 발급해주는 아카데미에서는 당신이 종교적 확신 때문에, 혹은 '정신적 이유' 때문에 이 길을 걸었는지 묻는다. 신자에게 발급되는 라틴어로 작성된 신용장은 천국에서 환영받을 수 있다는 막연한 약속을 여전히 지닌다. 난 그런 증거가 전혀 필요치 않았지만 민속예술로서는 쓸 만했다. 스스로 순례자라고는 거의 느끼지 않았지만, 나그네라면 기꺼이 받아들일 것이었다.

아주 오래 전 이런 개인적 문제를 해결한 후, 믿음이라든가 신자에 대해서는 거의 관심을 갖지 않았다. 떠날 때부터 단 하나의 문제만이 날 사로잡았다. 은퇴와 더불어 무엇을 할 것인가? 이에 대해서 좀 더 숙고하기 위해, 파리에서 르퓌-앙-벨레까지 오는 4주간 머릿속에서 종교적으로 떠올렸던 내 기억의 자산을 이제 수정하기로 했다. 몇 가지 지표는 내가 생각 속에서 길을 잃고 헤매는 걸 막아줄 것이다. 무엇보다 내겐 원칙이 있다. 모든 사람은 사회적으로 관련된 무언가를 가져야 한다는 것. 인간들의 개미집 속에서, 자신의 모든 능력을 누리려면 모든 사람은 아주 작은 부분일지라도 타인에게 이바지해야 한다. 경제적으로든 아니든, 우리의 이 멋진 땅을 거쳐가는 데 대해 대가를 치른다는 것을 자신에게, 또 타인에게 증명할 것, 그리하여 인류라는 벽에 돌 하나 혹은 모래알 하나 덧붙임으로써 자신의 흔적을 남길 것.

르퓌-앙-벨레를 일단 지나고 나자, 길의 성격이 바뀌었다. 파리를 떠난 후 거의 인적이 드문 산책로 위를 혼자 걸어왔었다. 꼼꼼하게 지역 표시가 되어있어서 따라가기 쉬운 이 여정은 지리에 온 정신을 집중하지 않아도 되었고, 내게 생각할 시간을 더 많이 주었다. 르퓌-앙-벨레를 지난 후 첫 번째 숙소에서부터, 나는 공용 탁자 주위에 모인 열 명 남짓한 도보여행자를 만날 수 있었다. 캐나다 남자, 브라질 남자, 벨기에 사람 둘, 독일 여자, 그리고 프랑스 사람 여섯 명, 나이와 성별이 모두 제각각이었다. 이 헌 구두를

신은 동료를 만난다는 건 우선 유쾌한 놀라움이었다. 이곳에선 잘난 체하는 사람도, 무례한 사람도, '기록을 깨고자 하는' 대단한 운동선수도 없었다. 내가 발견한 건 무언가를 혹은 그 자신을 찾아나선 사람뿐이었다. 이 길에선, 모든 사람이 타인에게 주의를 기울이게 된다. 걷는 일과 시간 조절의 어려움이 사람을 겸손하게 만든다. 똑같이 헐벗은 모습이기에 옷차림을 과시하는 일 따윈 없다. 누가 부자고 가난한지, 누가 신자고 무신론자인지 첫눈에 알아보기는 불가능하다. 모두가 거의 비슷한 옷을 입고 다들 생-자크의 상징인 조개껍질을 지녔기 때문이다. 모자에 꽂아놓은 내 것은 아주 작았지만 무척 애착이 갔다. 하늘을 믿는 사람도 믿지 않는 사람도 똑같은 땅을 밟고 비슷한 침대에서 자며 고집스럽게 생-자크를 향해 간다. 본질은 목적이 아니라 길 자체에 있음을, 머지않아 깨닫게 될 것이다. 대부분은 나와 같은 생각을 가지고 길을 떠났다. 그들을 완전히 만족시키지 못한 인생의 찌꺼기를 버리기 위해, 거리를 두기 위해, 각자 중요하게 여기는 사고思考의 깊이를 더하기 위해. 젊은이는 닥쳐올 삶에 대해, 노인은 가버린 삶에 대해 질문하며, 오직 한 걸음 한 걸음씩. 그들을 지탱하는 건 발걸음이지만, 그들을 지배하는 건 오롯한 정신이었다.

매일 저녁 숙소에 도착하면, 그날의 코스에 기진맥진한 그들은 배낭을 내려놓고 서둘러 샤워하러 갔다. 저녁 먹을 시간을 기다리는 동안, 사람들은 슬그머니 은밀한 장소로 가서 작은 수첩을 꺼낸 다음 거기에 자신의 생각과 길에서 있었던 사건을 기록했다. 소음으로부터 멀리 떨어져, 잠시 미디어와 세상일로부터 차단된 콤포스텔라의 순례자는 걷는 일의 마술로 인해 작가가 되고 철학자가 된다. 첫 번째 여정의 긴 고독은 나 자신에 대해 많은 것을 가르쳐주었다. 내게 남은 건 이제 그것을 종합해서 결론을 도출해내는 일뿐이었다.

사람들에게 이렇게 기억하는 연습을 권해주고 싶다. 우리에겐 이런 시간을 가질 여유가 거의 없기 때문이다. 이것은 나를 사로잡았다. 착한 요정들이 그다지 보살펴주지도 않은 가운데 나는 여기까지 이르렀다. 마흔 살쯤 되었을 때, 노르망디 지방의 숲 속 작은 마을인 가테모에서 내가 태어난 곳을 발견했을 때의 놀라움을 아직 기억한다. 부모님은 당시 30제곱미터를 넘지 않았을 법한 방 하나로 이루어진 작은 집에서 살았다. 요람을 놓을 자리는 없었다. 부모님 외에도 누나 셋과 형 하나가 이미 공간을 차지했으며 식탁과 의자 두 개, 찬장, 철로 된 가스레인지 등이 자리 잡고 있었기 때문이다. 물은 진창길을 따라 옆에 있는 숲 속의 샘에서 길어와야 했다. 이 때문에 누이들은 서로 다투곤 했는데, 어둠이 내려 모든 게 무섭게 보이고 양동이는 더 무겁게 느껴지는 겨울밤엔 특히 더 그랬다.

비르로 이사 가면서, 부모님은 방 세 칸짜리 집을 구했지만, 우리 가족에겐 여동생 둘이 더 생겨났다. 가난한 사람이 잘 걸리는 결핵이 누이 둘과 나를 덮쳤다. 아버지의 월급은 언제나 보잘것없었고 내 기억으로는 생전에 최저임금 이상을 받아본 적이 없었던 듯하다. 이런 생존의 문제에 또 다른 문제가 추가되었다. 나는 전쟁이 나기 바로 직전에 태어났는데, 르퓌-앙-벨레로 향하는 길에서 내가 들추어낸 첫 번째 기억은 바로 학살의 이미지였다. 우리 주위로 처음 폭탄이 떨어지던 일, 총알이 빗발치는 가운데 도망가던 일, 1944년의 첫 번째 전투로 수백 명의 희생자를 만들어냈던 작은 우리 마을에서 거대한 불길이 용솟음치던 일을, 나는 아주 생생하게 기억한다. 흩어진 기관총들, 생존자를 구출하는 동안 길가로 치워져 검게 탄 트럭이나 탱크 옆에서 썩어가던 독일군 시체. 연합군의 시체는 우선적으로 실려가서 매장되거나 그들의 본국으로 송환되었다. 그러나 패배한 자의 죽음은 비참했다. 그들은 길 위에서 조각나버리다가, 위생 문제를 두려워한 사람들이 결국 코를 막고 땅에 묻어버렸다. 비르는 생-로와 더불어 연합군의 상륙 직후 처음으로 폐허가 된 도시라는 애매한 특권을 누리게 되었다.

아버지와 어머니는 전쟁에 대한 감이 부족하기도 했지만, 그런 힘겨운 상황 속에서 효심이 발동하여 당신의 부모님이 있는 곳으로 가까이 가고자 했다. 비행기가 급강하해 우리에게 덤벼들 때마다 몸을 숨겨가며, 우리는 꼬박 이틀을 걸었다. 막내 여동생 미셸은 유모차를 타고 갔다. 자닌은 어른들이 안고 갔는데, 한 사람이 너무 무거워하면 다른 사람에게 건네주는 식이었다. 여섯 살이었던 나는 걷기에 충분히 큰 나이였다. 패주하는 독일군과 엇갈리며 전선을 거슬러 올라갔다. 우리의 방랑은 독일군의 반격으로 가장 치열한 전투가 펼쳐졌던 모르텡 근처로 이어졌다. 여섯 살이던 그때, 할아버지의 정원 잔디 위에 미국인과 독일인이 뒤섞인 채로 죽어있던 광경을 나는 보았다. 화염방사기 불꽃 때문에 굳어버린 병사의 검게 그을린 끔찍한 모습—그는 막 뛰어내리려던 참이었는지 울타리에 걸려서 선 채로 죽어있었다, 그 이미지는 여러 해 동안 나를 따라다녔다. 그로 인해 나는 폭력을 영원히 증오하게 되었다.

내 첫 학창 시절은 두 달 지속되다가 학교가 폭격으로

박살나는 바람에 중단되고 말았다. 그 후, 기억력이 좋았던 덕분으로 공부를 좋아하게 되었다. 내가 아주 좋아하면서도 무서워하고 또 존경했던 엘리 선생님은 공화국 학교의 열렬한 신봉자였으며 사회 계층의 엘리베이터를 고치는 너그러운 수리공이었다. 그는 나를 중학교에 보내서 6학년 입학시험을 치를 수 있도록 부모님을 설득하고자 도시를 건너오곤 했다. 열한 살이었던 나는 내가 학업을 더 일찍 마친다 하더라도 열네 살까지는 의무적으로 교육을 받아야 했다. 선생님은 내가 같은 반에서 3년을 허비하는 대신 최소한 전기중등교육수료증BEPC까지는 받을 수 있다는 걸 부모님에게 설명했다. 비록 학교에서 장학금은 주지 않았지만, 부모님은 그런 희생을 받아들였다. 이렇게 해서 나는 집안에서 유일하게 학위를 받은 사람이 될 수 있었다. 열네 살 때부터 일하기 시작한 누나와 형 들은 그런 기회를 가져보지 못했다. 그렇다고 해서, 원하기만 하면 일자리를 찾을 수 있었던 시절에 그들이 최선을 다하지 않았던 것은 아니다. 게다가 부모님은 우리가 젖병을 물던 시절부터 일하는 것의 가치를 주입시켜왔다. 그러나 나는 전기중등교육수료증을 얻어내자마자, 내 학업을 뒷받침하기 위한 부모님의 고생을 참아내기가 어려웠다. 가난한 사람은 계산도 안 해보고 주기만 한다. 그들은 자신도 같은 방식으로 받아야 한다는 걸 알지 못한다. 나는 중학교를 마치고 학교를 그만두었다. 일자무식의 아버지와 문맹인 어머니의 희생으로 나 혼자만 '학자'로 살아간다는 걸 도저히 더는 견딜 수 없었다. 나는 일을 했다.

가족의 둥지를 떠날 때까지, 집안의 모든 남자가 그랬듯 매달 말에 월급을 어머니께 드렸다. 후에 나는 여러 잡일을 했지만, 공부하는 맛과 독서의 열정을 결코 잊은 적은 없었다. 마침내 기자 양성 센터의 입학시험을 통과했을 때, 처음으로 나는 운명의 길을 찾았다는 느낌이 들었다.

롱스보를 향해 가며 오브라크의 꽃밭 한가운데와 로 근방의 '프랑스에서 가장 아름다운 마을들'을 지나면서 과거에 대한 회상을 하나씩 마칠 때마다, 난 무언가 결산을 해야 했다. 어려움도 있었고 운명이 요동치기도 했지만, 곰곰이 들여다보면 내 삶에는 행운이 따랐던 것 같다. 폭격을 피할 수 있었던 행운, 푸아그라^{거위 또는 오리의 간, 혹은 그것을 재료로 만든 고급 프랑스 요리}는 몰랐지만 식사 때마다 사랑이 넘쳐났던 가족 품에서 자란 행운, 엘리 선생님을 만났던 행운, 그리고 자연에 대한 사랑을 확인시켜준 친절하고 섬세한 르통도 자연과학부 교수님을 만난 행운. 또한 내가 준 만큼 내게 많은 것을 가르쳐준 직업에 종사할 수 있었던 행운, 사랑스런 가정을 이룬 행운…… 요정들이 처음엔 좀 게으름을 피운 것 같지만, 그 후엔 비교적 열심이었던 듯하다. 물론, 요정들이 자리를 비웠던 적도 더러 있었다. 오랫동안의 병치레, 큰형의 죽음, 그다음엔 모두가 사랑하던 누이의 죽음, 그리고 무엇보다 다니엘이 마흔아홉에 세상을 떠난 일 등은 나를 몇 번이나 바닥까지 무너뜨렸다. 사는 동안 그런 일을 겪으며, 나는 이런 결론에 도달했다. 내 자신을 실현할 수 있는 시대와 사회에 태어난 데 대해, 어떤 운명이나 섭리, 혹은 나를 보호해주는 어떤 신에게 절대적으로 빚지고 있다고.

이러한 생각은 결국 내가 받은 것이 많으며 이제 마지막으로 올바른 길은 내게 부여됐던 것을 조금이라도 다시 돌려줘야만 한다는 생각으로 자연스럽게 이어졌다. 하지만 무엇을 누구에게 줄 것인가? 이 점 또한, 내 존재 자체가 답을 제공하고 있었다. 만약 내가 내 인생의 결정적인 순간에 상급(이라고 할 수 있는) 공부를 할 수 있었던 건 선생님 덕분이었다. 이제 막 십대가 된 내게 세상일에 대한 지식과 호기심의 문을 열어줌으로써, 그분은 내 인생을 변화시켰다. 그래서 나는 나와 같은 행운을 누리지 못한 젊은 친구들을 은퇴 생활 동안 도와주기로 결심했다. 형제애를 실현하기 위한 '작은 다리'를 제공하는 일이 흥미롭게 느껴졌다. 인생의 끝을 향해 가고 있는 은퇴자인 내게는, 시작하는 데 다소 어려움을 겪는 친구들에게 손을 내밀어야 할 의무가 있었다. 첫 삽은 떴지만, 일궈야 할 밭은 여전히 광대했다. 누구를 어떻게 도울 것인가? 답을 찾기까지는 그리 오랜 시간이 걸리지 않았다. 포레즈 산에서 행운이 또다시 동아줄을 내려주며 신호를 보내왔던 것이다.

독자여, 만약 당신이 도보여행자가 아니라면, 유럽의 걷기 모험가는 대부분의 시간을 GR이라는 대형 산책 일주로를 따라 돌아다닌다는 걸 알아두어야 한다. 그 길에는 흰색과 붉은색이 겹쳐진 이정표가 설치되어있는데, 나무와 벽, 울타리 말뚝이나 전신주 같이 눈높이에 위치한 모든 것 위에서 찾아볼 수 있다. 만일 어떤 도보여행자가 길을 잘못 들면, 흰색과 붉은색의 십자가가 그 방향이 아님을, 그리고 올바른 표지를 찾기 위해 되돌아가야 함을 곧바로 알려준다. 간혹 산에서 길이 나무들 위로 지나갈 때, 표지판은 돌 위에 새겨져있다. 그런데 내가 포레즈 산에 도착하여 나무들 위를 지나가게 되었을 때, 그때까지도 나를 괴롭히던 비가 고도로 인해 눈으로 변해버렸다. 바위 위로 하얗게 덮인

눈 때문에 표식이 더 이상 보이지 않았다. 나는 길을 잃어버렸다. 트랙터를 타고 가던 농부가 나를 가까운 여인숙으로 안내해줘서 눈 속에서 밤을 보내는 일을 면할 수 있었다. 내가 유일한 손님이었다. 여름 한철을 위해 분주히 일하던 주인들이었지만 그래도 수다 떨 시간은 있었다.

"그런데 어딜 그렇게 가시는 건가요?"

"콤포스텔라에 갑니다."

"아…… 두 주 전에, 벨기에 죄수 두 명이 간수랑 같이 여길 지나갔지요. 그 사람들은 콤포스텔라를 방문하라는 판결을 받았다더군요."

나는 웃음을 터뜨렸다.

"중세 때 사람들한테 성지순례를 하라는 벌을 내린 건 사실이지만, 오늘날엔, 벨기에건 우리 프랑스에서건, 그런 건 더 이상 존재하지 않아요!"

아침에 다시 길을 떠날 때 내 호기심은 더욱 강해졌고, 르퓌-앙-벨레를 지난 후 사람을 마주칠 때마다 벨기에 '죄수들'에 대해 물어보았다. 서로 조금씩 다른 이야기를 통해서, 차츰 진실을 재구성할 수 있었다. 판사가 경범죄를 저지른 두 명의 청소년에게 긴 여행과 감옥 가운데 선택을 하라고 제안했다는 것이다. 도보여행을 담당하던 기관이 콤포스텔라 대로를 선정했다. 그것은 하나의 깨달음이었다. 한 달이 넘는 시간 동안, 나는 걷는 일의 이로움을 스스로 확신해왔다. 걷는 일이 나를 얼마만큼 새롭게 만들어주고 있는지, 육체적으로나 정신적으로나 확연히 느꼈기 때문이다. 젊은 경범죄자를 그들 인생의 위기가 되는 시기에 걷게 해준다는 것, 얼마나 멋진 생각인가! 일상적인 노력과 이런저런 만남은, 그들을 분명히 다시 사회화하는 쪽으로 이끌 것이다. 그리고 이런 완곡한 방법을 통해 그들이 감옥이라는 쓰레기장을 피하게 하는 건 정말 훌륭한 아이디어다. 이런 전망에 자극 받은 나는 리듬을 더욱 가속시켰으며, 몇 주 걸은 후라 몸 상태도 최고였던 만큼 몇 개의 코스들을 쉽게 주파했다. 그 소년들은 나보다 단지 두 주 앞서 갔을 뿐이며, 이렇게 가다 보면 열흘, 닷새, 이틀, 그리고 마침내 하루 정도 차이로 따라잡을 수 있겠다고 생각했다. 그러다 내가 더 이상 벨기에 여행자의 소식을 듣지 못하게 되었을 때, 실망은 더욱 클 수밖에 없었다. 그들은 두 갈래 길에서 다른 쪽으로 간 걸까, 아니면 포기한 걸까? 나중에 알게 된 일이지만, 사실은 나도 모르는 새 내가 그들을 앞지른 것이었다. 그들은 캠프를 쳤고 난 숙소에서 머물렀기 때문이다. 콤포스텔라에 도착했을 때 그들의 흔적은 더 이상 찾을 수 없었고 어떤 정보도 얻을 수 없었다. 하지만 지금으로선 내가 아는 것만으로도 충분했다.

이렇게 해서 2325킬로미터를 주파하며 그보다 더 긴 생각과 성찰을 마친 후, 조금씩 무르익던 내 결심은 1998년 7월 3일 산티아고 대성당 앞뜰에서 마침내 확고해졌다. 젊은 경범죄자를 걷는 일에 참여시킴으로써 그들을 돕는 데 내 남은 시간을 바칠 것이다. 은퇴 후의 계획을 생각하느라 더 이상 머리를 싸매고 고문할 필요가 없을 정도로, 이 일은 너무나 아름다웠다. 어떤 섭리가 때마침 내게 그런 생각을 제공한 것 같았다. 그날의 결심은 그것뿐만이 아니었다. 단계를 거쳐 오면서, 이 숙소에서 저 숙소로 옮겨 다니면서, 사람들과의 만남을 계속 이어가면서, 나는 걷는 일에 대한 열정을, 엔도르핀으로 가득 차 눈부신 아름다움이 있는 곳을 향해 가는 행복을 발견했다. 여기서 내가 멈추어야 할까? 분명 그렇지 않았다. 산티아고에 도착하기까지는 많이 힘들기도 했다. 그리고 세 달이 지난 이제, 나는 아름다운 경치와 자유, 따뜻한 만남으로 충만하며, 자신과의 화해를 이루었고 내 인생의 마지막 시간에 빛나는 의미를 부여하게 되었다. 나의 꿈은 마침내, 나처럼 갑작스런 깨달음으로 긴장한 열 명 남짓한 순례자가 산재한 이 포석 깔린 광장 위에서, 마침표를 찍게 되었다. 어떤 이는 예전의 순례자가 그랬듯 해변에서 그들의 낡은 옷을 태워버리고 파도에 몸을 씻기 위해 상징적으로 피니스테라^{Finisterra, 길의 끝}까지 가기로 결정했다. 그들보다 훨씬 적은 수이긴 했지만, 또 어떤 이는 다른 방향으로 다시 길을 떠나갔다.

걷는 일에 대해 전혀 모르고 한곳에만 머물러있는 사람은 그것이 주는 행복을 무시하고 단지 걷는 게 힘들다고만 생각한다. 속죄를 위해선 걷는 일이 당연히 고통스러워야만 한다고 생각한 완고한 이, 그리고 자기도 모르는 연민에 이끌려 움직인 어떤 이는 콤포스텔라에 이르기 50킬로미터 전에 푯말들을 박아놓았다. 그래서 이런 메시지를 전하는 작은 말뚝을 많이 볼 수 있다. "이제 곧 당신의 고통은 끝이 납니다." 나의 느낌은 전혀 다른 것이었다. 나는 새로운 기쁨과 환희에 차있었다. 처음에 나는 이런 말뚝을 보았을 때 깊은 분노마저 느꼈다. 화가 나서 그 위에 오줌을 누었던 걸로 기억한다.

결국 내 바람은 계속 걷는 것이었다. 하지만 발걸음을 어디에 둘 것인가? 이미 밝힌 바 있듯이, 내겐 역사가 점철된 길이 필요했다. 다른 시대에 자신의 흔적을 남긴 사람들의 발자국 속에 내 것을 담그길 좋아한다. 세기를 가로질러 연대감을 느끼고 싶고, 그들의 발바닥을 통해 온전히 배우길 원한다. 서부극 애호가인 나는 처음 산타페 코스를 따라갈까 생각하기도 했다. 미국의 동부 해안에 상륙한 후 황금의 약속을 따라 캘리포니아로 떠났던 아메리카 개척자들이 거쳐갔던 길. 하지만 당시 행복에 도취해있던 내게는 그 길과 역사가 좀 부족하게 느껴졌다. 6000킬로미터? 난 세 달동안 거의 그 반을 주파했다. 그 미국 코스는 일고여덟 달이면 소화해낼 것이다. 하찮은 일처럼 보였다. 시간 외에는 모든 걸 잃어버린 후, 내겐 '나쁘게 끝나기' 전에 작은 영원이 남아있음을 이제 막 발견했기 때문이었다.

나는 재빨리 실크로드를 생각했다. 역사적 차원이나 거리 차원에서나, 그 길은 내 바람에 더 적합했다. 인류 역사만큼이나 오래된 그 길이 오로지 배우고자 하는 내 욕구를 충족시켰다. 거리로 치자면, 1만 2000킬로미터에 이르는 코스와 사막이야말로 되찾은 젊음과 내가 처한 놀고먹는 상황이 주는 무한한 시간에 어울리는 것이었다.

생−자크−드−콤포스텔라 대성당 광장의 포석 위를 밟으며, 난 이제 어디로 가야 할지 알았다. 약속으로 가득 찬 새로운 미래가 내 앞에 열리고 있었다. 나는 예순 살이었으며 내 마지막 삶은 이제 시작되었다.

고동치는 마음

콤포스텔라로부터 돌아오는 기차에서 내렸을 때, 길은 이미 정해져 있었다. 중국을 향해 떠나는 것. 말로는 쉬웠지만, 행동으로 옮기는 일이 남아있었다. 그 순간에는, 무엇이 나를 기다리고 있을지 알 수 없었다. 실크로드에 대해서는 떠도는 소문과 예전에 읽은 책을 통해서만 알고 있을 뿐이었다. 그것은 정확히 무엇인가? 이 꿈만 같은 여행에는 선례가 없었다. 대개 사람들은 중국에 갈 때 말이나 자동차, 자전거, 비행기를 이용했기 때문이다. 걸어서는 절대 아니었다. 오늘날의 현실과는 거리가 있는 마르코 폴로의 이야기에는 진실과 전설이 뒤섞여있다. 도시들의 이름도 바뀌었다. 어디서, 어떻게 정보를 얻을 것인가? 열심히 뒤져봤지만 헛수고였고, 나는 결국 도보여행자를 대상으로 하는 실크로드 전문 안내서를 찾지 못했다. 그럴 만도 한 것이, 사려는 사람이 드물었을 터. 도로 지도는 운전대를 잡은 사람에게 맞춰진 것이라 걷는 사람에겐 보잘것없는 도움이 될 뿐이다. 내가 거쳐가야 할 지방의 지리와 정치 또한 너무나 낯선 것이었다. '스탄'으로 끝나는 중앙아시아 나라들 중 제대로 된 위치를 아는 곳은 단 하나도 없었다. 소련과 아프가니스탄이 전쟁을 시작해 신문들이 온통 떠들어댔던 카자흐스탄만 예외였다. 중국 쪽으로 말하자면, 그나마 얼마 전에 참여했던 실크로드 걷기 대회 덕에 조금 알고 있을 뿐. 이제 나는 걷기에 대한 나의 자료를 다시 보아야 한다. 난 항상 비행기, 버스, 기차를 통해 이 도시에서 저 도시로 이동했기 때문이다. 그런데 중국 지역은 내가 완주하고자 하는 여정의 3분의 1 이상—4500킬로미터—을 차지하고 있다.

필요할 책과 지도를 열심히 사 모으면서, 많은 가족들과 함께 보낼 예순 살 기념 파티를 준비하는 데 시간을 바쳤다. 그것은 전통이고 또 기쁨이었다. 나는 원래 '파티' 추종자도 아니었고 몇 달 전만 하더라도 그런 기념행사를 치른다는 건 소름 돋는 일이었을 테지만, 내 미래를 채울 일을 발견한 이상 행복한 마음으로 거기 몰두했다. 물론 59년 364일 동안 '활동적'이었던 나를 잠재우고 '은퇴한' 나를 눈뜨게 할 이 보잘것없는 밤을 축하한다는 생각에 속으로는 비웃었다. 그래도 그 밤은 내 개인사의 중요한 장을 열어주었다. 내가 앞으로 써나가야 할 무한한 빈 페이지를.

내 비단길 계획에 대해 누이들과 사랑하는 여러 조카들에게 알려주었다. 그들이 나를 보는 눈길이라니. 그들이 한 남자의 결심을 조금도 진지하게 여기지 않음을 알 수 있었다. 아마도 평생 동안 너무 일을 해서, 정신적 능력이 다 고갈된 나머지 약간 잘못된 게 아닌가 생각하는 모양이었다. 50명쯤 모인 가족이 돈을 모아 내게 소파 선물하는 걸 보며, 내 뜻이 얼마나 가볍게 받아들여졌는지 아찔했다. 이젠 그저 흔들거리기나 하란 얘긴가! 그들 생각에, 난 이제 TV와 소파라는 정해진 틀 속으로 기어들어가기만 하면 되는 거였다. 더 완벽한 모습이 되려면, 낚싯대를 꺼내들고 접는 의자를 사서 고기 잡으러 그늘지고 조용한 강기슭으로 가면 그만이었다. 은퇴 생활은 다만 앉아있는 것이어야 한다고, 그들은 선물을 통해 단호히 말했다.

내 계획은 그런 것이 아니다. 그래도 파티를 통해 긍정적인 효과를 얻을 수는 있었다. 그것은 나로 하여금 한 시기를 완전히 마감하고 내가 도달한 규정 연령, 사람들이 흔히 말하는 제3의 시기를 온전히 받아들이도록 해주었기 때문이다. 하지만 내 엉덩이를 소파에, 그것도 흔들의자에 고정시킬 생각은 눈곱만큼도 없다. 게다가 앞으로 몇 년 동안 무언가의 위에 걸터앉는 걸 삼가야 할 테니 소파는 손님들을 기쁘게 해주는 데에만 유용할 뿐. 나로서는 한 치의 의심도 없었다. 움직여야만 한다. 그것도 빠르게.

나는 서점과 지도를 파는 가게들을 거의 털다시피 했고, 국립도서관의 서적과 지도 열람실을 드나들며 실크로드에 대한 정보라면 아주 작은 자료라도 긁어모았다. 가져갈 물건들도 매우 제한적일 수밖에 없어서 나는 이래저래 걱정이 되었다. 콤포스텔라 대로를 통해 얻은 도보여행에 대한 내 새로운 지식은 분명 귀중한 것이었다. 스스로 길을 찾고, 보호하고, 먹고 자기 위해 어떻게 처신해야 할 것인가? 어떤 기후와 어떤 위험이 기다리고 있을 것인가? 현재로서는, 나는 그 질문에 대한 어떠한 대답도 가지고 있지 않다.

모든 것이 걱정스러웠지만 이상하게도 두렵지는 않았다. 나의 열정은 실로 대단해서, 준비 과정에서 혹여 나를 지체하게 만들지도 모를 장애물의 일부를 한 번 손짓으로 모조리 쓸어버렸다. 어떤 확신이 나를 사로잡았다. 나는 예순 살이고 앞으로 닥쳐올 삶을 직면하고 있으며 결코 그것에 굴복하지 않을 것이다. 모든 결과를 기꺼이 받아들이고 나는 내 삶의 주인공이 될 것이다. 그리고 만약 성공하길 원한다면, 한순간도 놓칠 수가 없다. 시간은 내 편이 아니다.

잠재적인 위험이 나를 두려움에 떨게 하지는 않았지만, 그렇다고 무분별하게 처신한 것은 아니었다. 걱정스러워하는 아이들에게 나는 말했다. "난 꼭 돌아올 생각이란다. 이건 도피나 가출이 아니라, 거대한 여행이고 하나의 고리야." 나는 절반이 빈 게 아니라 절반이 찬 잔을 바라보고자 애썼지만, 이러한 원정遠征이 주는 위험을 과소평가하지는 않았다. 실크로드 전반에 걸쳐 평화가 지배한 적은 한 번도 없었음을, 그간 탐독한 실크로드 이야기가 알려주었기 때문이다. 폭력과 전쟁은 항상 어딘가에서 맹위를 떨치고 있었다. 칭기즈칸?1167~1227의 통치 기간을 제외하고. 그의 제국이 얼마나 안전했는지를 가늠하게 해주는 이야기가 전해질 정도다. 금관을 쓴 어떤 처녀라도 아무 두려움 없이 자신의 덕성과 재산을 지키며 아시아를 횡단할 수 있었다는 것이다. 오늘날의 사정은 그렇지 못하다. 여기저기서 사람

들이 서로 죽인다. 레바논 전쟁이 끝나자마자 아프가니스
탄이 그 뒤를 이었다. 중국의 신장웨이우얼新疆維吾爾 자치구
에서는 위구르 독립주의자들이 자신을 침공했다고 비난하
는 한족에 대항하여 공격을 자행한다. 터키에서는, 투르크
족에 대항하는 쿠르드 게릴라가 자신의 지도자인 오잘란의
체포와 사형 판결에도(집행되지는 않았지만) 공격을 멈추지 않
았다. 타지키스탄에서는, 러시아 마피아와 소수 이슬람 극
단주의자 집단이 서로 몰아내기 위한 전쟁을 벌인다. 프랑
스 외무성이 제공하는 데이터베이스에 따르면 내가 가로질
러야 할 국가 중 절반에 걸쳐 최악의 난관이 기다리고 있
다. 만약 그 정보를 있는 그대로 받아들인다면, 당장 뱃멀
미를 느낄 정도로 잘 흔들거리는 내 안락의자에 몸을 던지
러 가야 할 것이다. 하지만 이제, 나는 지나칠 정도로 고양
되었다. 여기서 멈추기는 불가능하다.

쌍안경을 거꾸로 돌려 바라보면, 내겐 어마어마한 행운
이 함께하고 있다는 걸 알게 된다. 한 세기 동안 닫혔던 길
이 내 앞에서 이제 막 열리려 하니 말이다. 오직 나만을 위
해서! 20세기에 그 길의 이름은 '혁명의 길'로 바뀔 수도 있
었다. 소련이 중앙아시아를 점령하고 볼셰비키 주의자가
서구 세계인의 여행을 엄격히 금지하거나 철저하게 감시하

기로 결정한 이후, 마오쩌둥은 동양 쪽 통행을 막아버렸으며 호메이니는 이슬람 제국의 설립과 더불어 이란의 문을 닫아버렸다. 그런데 지난 세기의 마지막 몇 년 동안 일어났던 일련의 중요한 사건—베를린 장벽의 붕괴, 세계 시장에 대한 중국의 개방, 이란 이슬람주의의 상대적인 완화—로 인해 모든 통로가 다시 열리게 되었다. 약간 지그재그로 움직이기만 한다면, 총알이나 정치 경찰을 크게 두려워하지 않고도 자유롭게 길을 갈 수 있을 것이다.

폭력적이거나 독재적인 정권만이 유일하게 어려운 대상은 아니다. 전체 여정을 한번에 마무리하기가 불가능하다는 게 가장 큰 문제였다. 그 지역에선 버티기 끔찍한 겨울이 계속되어 어딘지도 모르는 곳 한가운데서 오랫동안 발이 묶여있어야 할지도 모른다. 극심한 추위와 엄청난 눈 때문에 모든 이동, 특히 걷는 것은 도저히 불가능하기 때문이다. 많은 마을이 몇 달 동안 외부와 단절된 상태로 지낸다. 에르주룸Erzurum 사람이 내게 말하길, 길을 건너거나 물건을 사러 가게에 가려면 어떤 겨울에는 눈 아래로 터널을 파야 한다고 했다. 눈이 건물의 2층 높이까지 쌓이기 때문이다. 그래서 의사는 헬리콥터를 타고 환자를 방문한다. 고도 4000미터에 이르는 파미르의 국경은 일 년 중 여섯 달에서 여덟 달 동안은 닫혀있다. 눈이 녹아서 다시 출발할 수 있을 때까지 마르코 폴로처럼 속 편하게 인가에 머물거나 집을 하나 빌려서 기다리는 건 생각할 수 없는 일이다. 그런 리듬으로 가면 멀리 떨어진 곳에서 2~3년을 보내야 할 텐데, 그렇게 오랜 동안 내 아이들과 가족, 친구들을 떠나 있고 싶지는 않다.

마르코 폴로 이후 아주 중요한 변화가 있었음을 기억하자. 사람들은 비행기를 발명했다. 나는 그 점을 고려해서 여정을 몇 단계로 나누기로 결심했다. 쾌적한 계절엔 걷고, 매번 여행이 끝날 때마다 항공편으로 고향에 돌아오는 거다. 일 년 코스의 거리를 결정하기 위해 간단한 계산을 했다. 나는 큰 어려움 없이 파리에서 콤포스텔라에 이르는 2300킬로미터의 거리를 세 달에 주파했다. 즉 한 달에 800킬로미터를 걸었던 셈이다. 그러니까 크게 무리하지 않고도 일 년에 4주를 더 걸어서 네 달 동안 3000킬로미터 걷기를 달성할 수 있을 것이다. 이를 기초로 나의 오디세이를 준비했다. 터키의 이스탄불을 출발한 후 봄-여름 혹은 여름-가을에 테헤란(이란)까지 걷는 것으로 마무리하고, 그다음 해에는 사마르칸트(우즈베키스탄)까지 간다. 세 번째 코스는 투루판(중국)까지 가게 될 것이고, 마침내 한漢 문화가 시작됐던 고대 제국의 수도 시안西安에 도착하게 될 것이다. 대상隊商은 절대로 한번에 실크로드의 끝까지 가지 않았다는 사실을 책을 통해 알게 되면서, 이런 방법이 머리에 떠올랐다. 상인들은, 단어의 어원에서 알 수 있듯이*, 다른 상인을 만나서 서로의 짐을 교환할 수 있을 때까지만 걸었던 것이다. 그런 다음, 그들은 즉시 집으로 돌아오곤 했다. 이러한 코스로 가면 나는 고도와 기후 등을 고려하며 움직일 수 있을 것이다. 또한 추위나 더위 때문에 너무 고생하지 않을 계절에 출발하도록 계획을 세울 수 있다. 그렇더라도 어쩔 수 없이 여름에 걷게 되면 태양과 사막이 나의 가장 큰 적임을 인지해야 한다. 물론 사람과, 동물과, 폭풍우와…… 영사領事도 더불어서.

이러한 준비 기간은 즐거운 분위기 속에서 진행되었다. 책을 읽고, 지도를 공부하고, 배우고, 기뻐했다. 이스탄불로 출발하기 전 여덟 달 동안, 나는 그 몇 달 전부터 잃어버렸던 활기와 열정과 에너지를 마침내 되찾았다. 지금까지

---

* '상인marchant'이라는 단어의 어원은 '걷기la marche'와는 별 관계가 없고 오히려 '돈벌이의, 상업의mercantile'와 가깝다.

맞았던 앙상한 60번의 겨울을 잊고, 비로소 봄날 한가운데 있는 것만 같았다. 공부와 세상을 발견했던 열두 살 때의 느낌을 행복한 마음으로 되살렸다. 나는 단계를 바꾸어 평면 구형도 위에서 대륙을 바라보았다. 집안에 자료를 펼쳐놓고 배를 깔고 누워, 오로지 눈과 생각만으로 내 첫 여행을 완수했다. 손에 자를 들고 마을 지도 안에서 내가 코스로 삼을 만한 이국적인 이름을 체크해나갔다.

나는 내 모든 선택, 독서와 전시회, 만난 사람 등을 내 대장정 계획에 기록해놓았다. 어떤 터키 교수는 일주일에 두 번 집에 들러 한 시간 동안 자기 나라 언어의 문법을 가르쳐주었다. 매일 아침 나는 스스로 주제를 정해 해석하면서 공책과 나의 기억을 채워나갔다. 암기하는 습관을 잃어버린 탓에 터키 말과 표현을 기억하는 건 달가운 일이 아니었다. 하지만 숙소와 먹을거리를 찾기 위해서는, 그리고 무엇보다 만나는 사람과 최소한의 의사소통을 하기 위해서는 말을 하고 이해할 줄 아는 게 필수적이었다.

이란 비자를 얻기 위해서는—터키는 유럽인에게 비자를 요구하지 않는다—파리 16구에 위치한 영사관에 몇 차례 드나드는 수고가 필요하다. 직원들은 내가 신청한 내용을 잘 이해하지 못했다. 그들은 국경에서 테헤란까지 가는 데 두 달짜리 비자는 너무 길다고 생각했던 것이다. 도보로 갈 것이라고 다시 설명하자, 그들은 분명 나 때문에 자기들 목이 날아가는 건 아닌지 당황하는 눈치였다. 결국 원하는 걸 얻어내기 위해 영사에게 편지를 써야만 했다. 1999년에 어렵게 얻어낸 통행증은 내가 국경 바로 앞에서 병이 나버린 관계로 아무 쓸모도 없게 되어버렸다. 다음 해 다시 영사관에 갔을 때, 직원의 표정은 내가 보기에 이러했다. "어라, 미친 도보여행자 또 왔네." 그리고 그는 별 문제 없이 내게 60일짜리 비자를 내주었다.

1998년 11월, 나는 조급한 마음으로 내가 걷게 될 나라들에 대해 계속 궁금해하다가 결국 사전 탐사를 위해 그곳에 가보기로 했다. 처음 방문하는 이스탄불행 비행기에 몸을 실었다. 나를 맞아준 사람은 내 아들 마티외의 친구인 레미였는데, 그는 골든 혼 전체가 내려다보이는 고대 갈라타 타워 근처의 아파트에 살았다. 도시 곳곳에서 바늘처럼 뾰족하게 솟은 첨탑은 내가 전혀 다른 세상에 왔음을 말해주었다. 다가올 봄에 내가 걷게 될 이 나라를 온몸으로 흡수하려 며칠을 머물렀다. 아나톨리아 연구센터 소장인 스테판 예라시모스는 귀중한 조언을 해주었고, 나는 필수 코스인 성 소피아 성당과 푸른 회교 사원, 그리고 신기한 물 창고를 방문했다. 대성당만큼이나 거대한 이 물 창고 덕에 콘스탄 티노플이 자리 잡을 수 있었을 것이다. 그러나 도시만으로 는 충분하지 않았다. 내가 보고 싶은 것은 시골이었기 때문 이다. 버스가 나를 20여 킬로미터 떨어진 곳에 데려다주었 으며, 이런 우기雨期에 내 고향 노르망디와 크게 다르지 않 은 풍경을 발견하고는 적이 마음이 놓였다. 나를 죄어오던 두려움의 고리가, 문득 조금은 느슨해진 것 같았다.

파리로 돌아와서 사람들과 더 많이 접촉했으며 별로 당 황하지 않고 여행을 준비했다. 수중에 너무 많은 현금을 지 니는 것은 위험했기에 터키 은행에 계좌를 개설하고 현금 인출카드를 만들었다. 도난 사고를 막기 위함이기도 했지 만 무게도 줄여야 했기 때문이다. 당시 터키에서는 커피 한 잔 값이 40만 터키 리라였다. 하루 이틀 은행에 들르지 않 고 버티기 위해서는 현금인출기에서 최소한 1억 리라 정도 를 뽑아야 할 정도였다. 달러도 가져갈 생각이었다. 나는 어디서나 도둑들 눈에 쉽게 띌 터라 귀중한 녹색 지폐를 숨 겨놓으려면 바지 안쪽에 주머니를 만들어야 했다.

나는 터키와 이란의 문화 기관을 방문했다. 독립을 위 한 쿠르드인의 투쟁은 당시 미테랑 여사 Danielle Mitterrand, 프랑 수아 미테랑 프랑스 전前 대통령의 영부인의 확고한 지지를 받고 있었는데, 나중에 확인하게 된 일이지만 미테랑 여사는 쿠르드 인에게는 사랑을, 터키인에게는 미움을 받고 있었다. 파리에 있는 쿠르드 대표 기관의 장은 침착하고 위엄 있는 사람이었다. 으레 그렇듯 콧수염을 한 그는 내 뜬금없는 이야기를 진지하게 들어주었다. 그는 잠시 생각에 잠기더니 단호하고 보호심이 느껴지는 목소리로 조언해주었다. "당신이 에르주룸, 그러니까 내 쿠르드 친구들 사는 곳에 도착하게 되면, 일단 버스를 탄 다음 이란 국경까지 내리지 마세요. 그렇게만 하면 당신은 전적으로 안전할 겁니다." 나는 웃음을 터뜨렸다. "전 실크로드 전역을 걸어서 완주하려고 합니다. 그렇기 때문에 4년 후 시안에 도착할 때까지 어떤 탈것에라도 오른다는 건 생각할 수 없는 일이지요." 남자는 다시 생각에 잠겼다. 분명 그는, 프랑스인이 터키에서 쿠르드 사람에게 죽임을 당하거나 약탈을 당한다면 자신의 나라 이미지에 좋을 게 없다고 생각하는 듯했다. 말투를 바꾸어서, 그는 마치 학교 선생님이 좀 둔한 학생에게 가르치듯 설명하기 시작했다. "쿠르드 사회는 서열이 아주 강한 씨족 사회입니다. 그러니까 당신은 마을 족장의 보호 하에 들어가야만 합니다. 각 지방에 가면 다른 집보다 큰 집 하나를 아주 쉽게 발견하게 될 겁니다. 그럼 문을 두드리세요. 어떤 여자가 문을 열어줄 겁니다. 그냥 이렇게만 말하세요. '주인어른을 뵙고 싶습니다.' 아무 말도 덧붙이지 말고요. 우리 지방에서는, 외국인은 여자에게 말을 걸면 안 됩니다. 마을 족장이 당신을 재워주고 먹여줄 겁니다. 그리고 이웃 마을의 족장에게 알려서 그도 당신의 안전을 보장해줄 겁니다. 계속 그런 식으로 진행되는 거지요."

나는 그가 얘기해주는 많은 주의사항을 열심히 들었다. 그것 중 몇몇은 걱정스럽기도 했고 또 어떤 이야기를 듣고는 마음이 흔들리기도 했지만, 모험을 포기하게 만들지는 못했다. 다만 나는 이따금씩 자신을 설득시켜야만 했다. 아니, 난 지금 꿈을 꾸고 있는 게 아니야, 난 이 멋진 여행을 생생하게 느끼게 될 거야.

출발 세 달 전, 아주 나쁜 사람이나 사고를 만날 수도 있다는 걸 인식한 나는 유서를 써놓기로 했다. 그것을 봉투에 밀봉하고 서랍에 넣은 다음, 곤란한 일이 생기면 열어보라고 아들들에게 알렸다. 아이들은 즉각 반응하지는 않았지만, 며칠이 지난 후 걱정스런 표정으로 나를 보러 왔고 위성 전화를 가져가라고 권했다. 나는 웃음을 터뜨렸다. "그런 생각 하지도 말거라. 한번 상상해보렴. 내가 사막 한가운데를 걷고 있는데 전화를 해서 '아버지, 어디세요?' 이

럴 셈이냐? 또 내가 너희한테 전화해서 '방금 전갈 위에 앉은 것 같구나'라고 한들, 6000킬로미터나 떨어진 내게 너희가 뭘 해줄 수 있겠니? 게다가 위성 전화는 충전 배터리가 필요해서 무겁단다. 역설적인 얘기지만, 그게 도둑의 욕심을 부추겨서 나를 오히려 위험하게 만들 수도 있지. 너희가 걱정하는 건 나도 충분히 이해하지만, 날 믿어줘야 한다. 전화는 결국 너희를 안심시키는 데만 필요할 뿐이야. 이런 여행을 떠날 때는 뒤돌아보면 안 된단다."

어느 정도 이해한 것처럼 보이는 아이들이 또 말했다. "좋아요, 하지만 아버지한테 무슨 일이 생기면 우리가 어디로 찾으러 가야 하죠?"

대답이 필요한 질문이었다. 만약 이번 길을 가다 내가 세상을 떠나게 되면, 나는 다니엘 곁에, 조금 기울어진 교회 종탑 그늘에 있는 마을의 작은 공동묘지에 묻히고 싶다. 며칠이 지난 후, 나는 걱정하는 두 아이들—스물일곱 살과 서른 살이지만, 당신의 자식이 아이가 아닌 날이 하루라도 있던가?—에게 제안했다. 내게 있었던 일을 매일 낱장 종이에다 써서 편지봉투에 넣어둔 다음, 우체국을 발견하는 대로 프랑스의 내 주소로 바로 부치겠다고. 그렇게 하면, 아이들은 어느 정도 시차를 두고 내 여행의 하루하루와 예기치 못했던 일들에 대한 정보를 얻게 될 것이다. 만약 우편이 더 이상 오지 않게 되면, 내가 더 이상 신호를 보내지 않게 되면, 아이들은 내가 남겨놓고 갈 도보여행 계획서의 도움을 받아 마지막 편지가 발송된 곳에서부터 나를 찾아 나가면 될 것이다.

아이들은 이제 완전히 마음을 놓은 걸까? 알 수는 없는 일이지만, 그들은 내 계획에 대해 만족하고 또 자랑스럽다며 나를 안심시켰다. 아이들의 믿음이 나를 평온하게 만들었다. 사람들은 가끔 내게 묻는다. "만약 다니엘이 있었더라도, 자네가 길을 떠났을까?" 나는 그 대답을 알지 못한다. 그녀도 나를 전적으로 신뢰했었다. 우리는 항상, 매년 일주일씩 한 사람이 아이들을 돌보는 동안 다른 한 사람은 혼자 여행을 떠나기로 합의했었다. 하지만 일주일과 네 달 사이에는 큰 차이가 있다. 그녀가 그렇게 긴 헤어짐을 받아들였을까? 또 나는, 매년 그렇게 오랫동안 그녀를 남겨둘 용기를 낼 수 있었을까?

나의 오디세이를 준비해나가면서, 여행의 거리를 좀 더 잘 가늠하게 되었다. 애초 내가 콤포스텔라보다 좀 더 먼, 건강을 위한 산책처럼 여겼던 이 여행이 시간이 지날수록 더 대단한 일로 드러나기 시작했다. 서구사회에 잘 알려지지 않았던 나라들과, 십여 년 전부터 모든 것에서 단절되어 세상일을 모르는 채 살아온 사람들을 차례차례로 만나게 되는 것이다. 말하자면 나는 일종의 발견자며 새로운 지평을 여는 사람이고, 나를 통해 서양을 만나게 되는 주민과의 연결 고리 같은 것이다. 그러다 보니 책을 한 권 써야겠다는 생각이 들었다. 경험을 나누고 내 마지막 대형 보고서를 작성하기 위해서.

떠나기 전까지 두 달밖에 남지 않은 만큼, 허비할 시간이 없었다. 바로 다음 날 출판사 세 곳에 편지를 보냈다. 내용은 간단했다. 앞면에는 내 계획을 설명하고 뒷면에는 내 소개를 써넣었다. 첫 번째 출판사가 빠르게 답장을 보내왔다. "관심은 있지만…… 죄송하게도……" 두 번째 출판사는 내 계획에 흥미를 보였다. "여행을 하시고 초고를 작성하셔서 4년 후에 저희를 만나러 오십시오." 세 번째 편지는 페뷔스 출판사에서 보낸 것이었는데 내 제안을 가장 진지하게 받아들였다. 문학 담당자 제인 식트릭이 장-피에르 시크르 사장과 함께 나를 맞아주었다. 반백의 머리를 덥수룩하게 빗어 넘긴 사장은 놀라운 사람이었는데, 체구만큼이나 문화의 폭도 넓었다. 그들의 첫 번째 질문—내가 이미 백번은 들은 것이다: "도대체 왜 이런 모험을?"—에 대해, 나는 수천 가지의 대답을 가지고 있었지만 딱 하나만 들어 대답했다. "난 사마르칸트를 보고 싶거든요. 꼬마였을 때 읽은 모험 소설에서 발견한 이름인데, 늘 나를 꿈꾸게 하더군요."

잠시 생각에 잠기던 장–피에르 시크르가 말했다. "사마르칸트라. 내가 좋아하는 도시는 카슈가르카스Kashi의 옛 이름지요."

"난 통북투예요." 제인 식트릭이 덧붙였다.

서로 우호적이고 편안한 대화를 나누던 중, 내가 불쑥 말했다. "사실, 쓰게 될 건 한 권이 아니라 매년 하나씩, 여러 권입니다." 나처럼 그들도 그 모험에 마음이 끌린 것 같았다. 물론 과감한 만큼 무모한 면도 있었겠지만. 출판사를 나올 때, 내 주머니엔 네 권의 책에 대한 계약서와 수표 한 장이 들어있었다. 분명 큰 액수는 아니었지만, 함께 책에 참여한다는 걸 눈으로 보여주는 것이었다. 만약 돌아왔을 때 내 초고가 거절당한다면 수표를 찢어버리리라고 스스로 약속했다. 그러다 몇 달 후 결국 내 통장에 입금해버리고 말았다. 사실 책을 낸다고 하니 여행의 성격은 달라질 것이었다. 혼자 떠나는 게 아니었기 때문이다. 한 발자국 걸을 때마다, 이제 난 계속 나를 따라다닐 잠재적인 인물, 즉 독자의 눈과 코와 귀와 감성이 되어야만 한다. 내가 《나는 걷는다》원제는 '대장정Longue marche'이다 세 권을 낼 수 있게 해준 엄청난 양의 편지를 통해 판단해보자면, '여성' 독자라고 해야 할지도 모르겠다. 여자들이 남자들보다 더 여행을 갈망하거나 최소한 자신의 관심을 더 자발적으로 표현한다는 사실을, 나는 수없이 확인했다.

이 기간에, 나는 최고로 흥분된 시간을 보냈다. 여행을 준비하는 대부분의 시간 동안, 계속 중얼거렸다. 이 모험은 환상적일 것이며, 세계 최초일 것이라고.* 역사책에서 읽었던 신비로운 이야기들이 나를 사로잡았다. 하지만 출발 시간이 다가오면서, 기분이 약간 가라앉았다. 내가 가로질러야 할 나라의 체제에 대해 알게 될수록, 점점 두려워졌기 때문이다. 떠난다는 건 결별이며, 미지 속으로 뛰어드는 것이다. 나이하고는 아무 상관 없었다. 열다섯 살에 가출을 할 수도 있고, 스물다섯 살에 세상을 발견할 수도 있고, 예순 살에 역사적으로 가장 큰 길을 성큼성큼 걸을 수도 있다. 떠난다는 건 스스로 준비하고 버리는 일이며, 두려움을

---

* 내 책을 일본어로 번역한 와타나베 준과 나이토 노부오는, 어떤 일본인이 실크로드의 동쪽에서 서쪽까지 걸었다고 내게 확인주었다. 따라서 내 '위업'이 유일한 것은 아니다.

떨쳐내는 일이다.

　나는 길을 가는 동안 처음부터 끝까지 어떤 신뢰할 만한 정보나 확신에 의존할 수가 없다. 서양의 민주사회와 어느 정도 가까운 터키만 제외하고는, 모든 나라가 다분히 폭력적이고 부패한 독재자나 전제 군주의 지배를 받고 있다. 그나마 민주적이고 치안이 확립된 터키의 영사가 내게 주의하라고 일러주었다. 신분증과 돈, 그리고 옷까지도 몽땅 잃어버린 채, 마약에 절어 팬티만 입고 오도 가도 못하는 관광객이 있다는 것이다. 사람들 말로는, 중앙아시아의 경찰은 여행자를 붙잡아 그들을 겁주기 위해 달러를 빼앗는 일을 조금도 망설이지 않는다고 한다. 단체 관광객도 안전이 보장되지 않는 판에, 배낭 하나 달랑 짊어진 가련한 도보여행자인 나는 어떨 것인가? 내가 만약 붙잡히고, 다치고, 물건을 빼앗긴다면, 이 사실을 어떻게 알려서 도움을 요청할 것인가?

　조금씩 의심이 몰려들기 시작했다. 분명 나는 살고 싶다, 강렬하게 살고 싶다. 하지만 죽음을 무릅쓸 만큼은 아니지 않는가. 물론 내가 잡지에서 발견한 풍경은 매혹적이었고, 유적지들은 경이로웠고, 주민들은 선한 미소를 띠고 있었다. 하지만 그게 단지 불쌍한 여행자를 함정으로 끌어들이기 위한 것일 뿐이라면? 꿈을 실현하는 일이 죽음을 무릅쓸 만큼 가치 있는 걸까? 이 모든 멋진 모습이 내가 감지하기 시작한 위험만큼 가치 있을까? 떠나기 며칠 전, 여덟 달 전부터 나를 앞으로 나아가게 만들던 긍정의 기계가 흐름을 바꾸어 나를 비관적으로 만들고 있었다. 조직된 여행이 안전을 담보해준다면, 위험을 감수할 필요가 어디 있겠는가? 내가 참여했던 실크로드 걷기 대회는 아무 위험도 없는 여행이었다. 나는 늘 보호받았고, 식사도 제공됐다. 통역이 있어서 주민과 의사소통도 가능했으며, 만약 내가 병이 났더라도 그들은 즉각 어떤 조치든 취해줬을 것이다. 그곳엔 조직과 공무원과 책임자가 있어서 어려움을 극복하고 함정을 피할 수 있었다. 이런 종류의 탐험에서는, 사막에서 목이 말라 죽거나 파미르 고원의 구덩이에 빠지거나 숲 속 어딘가에서 탐욕스런 도둑에게 붙잡히거나 다치거나 죽는 일 따윈 일어날 수 없다. 하지만 혼자 걷는다는 건……

게다가 이런 탐험에 몸을 던지기엔 난 너무 늙은 게 아닐까? 쉰 살이 되던 때, 나도 이제 노인이 되어간다는 생각에 조금 침울했었다. 내가 오십대에 대해 가지고 있는 이미지는, 노르망디 숲에 살던 루이즈 이모의 이웃인 클레랑보 할아버지의 그것이었기 때문이다. 우리가 건초 더미를 가지러 수레를 끌고 오면, 그분은 말했다. "네가 건초 더미 위에 올라가렴. 난 너무 늙어서 못 하겠구나. 생각해봐라, 쉰둘이잖니!" 쉰두 살에 너무 늙어서 건초 더미의 뜨거운 열기를 감당하지 못한다면, 예순하나에 4년 예정으로 세상 끝으로 떠나는 건 뭐라 말할 건가……

다행히도 실크로드에 관한 이야기들을 읽다보니 안심이 되었다. 승려 현장玄奘, 602~664이 중국에서 어느 정도 변질된 불교의 뿌리를 찾아 황국의 수도인 시안을 떠나 인도로 향했을 때, 그는 거의 노인이었다. 그의 여행은 14년이나 걸렸다. 그는 부처가 태어난 인도에서 찾아낸 불전佛典 수천 권의 사본을 갖고 예순 살이 넘어 돌아오게 된다. 그의 영웅담은 유명한 중국 고전문학 《서유기》를 통해 후세에 전해진다. 시안에 도착하게 되면, 나는 대안탑大雁塔에 가서 명상하리라. 그 부지런한 노老현자는 동시대인의 존경과 사랑을 받으며 불교의 성전을 연구하다가 그곳에서 삶을 마감했다고 한다. 그밖에도 다른 유명한 여행자들이, 은퇴한 후로 추정되는 나이에도 이 길을 거쳐갔다. 건강관리와 의약의 발전으로, 현대인은 예순이 되어도 신체적 능력을 거의 온전히 유지하고 정신적 능력 또한 전과 다름없다.

결국 나의 의기소침은 가벼운 것이었다. 나는 곧 짐을

싸며 여행을 준비했다. 이제 와서 한 걸음 물러나 생각해보니, 내가 떠난 건 거기서 물러나면 체면이 서지 않았기 때문이었던 것 같다. 게다가 내가 세운 계획대로 하면 어려움이 있을 땐 언제라도 돌아갈 수가 있었다. 위험은 이제 멀리 사라져버린 듯했다. 파리의 오스테를리츠 역에서 기차를 타는 데엔 아무런 위험도 없다. 베네치아에서 이스탄불로 가는 배를 빌리는 것도 마찬가지. 그다음부터는, 두고 보면 알게 될 일이다.

걱정하는 사람은 나 혼자만이 아니었다. 두 아들은 기차가 떠나기 전에 각자 나와 사진을 찍자 했다. 기차가 떠나고 밤이 모든 것을 삼켰을 때, 나는 아이들이 이 아버지와의 마지막 추억을 남기려고 그랬던 건 아닌지, 하는 생각이 들었다. 어쩌면 험한 모습의 아버지 시체를 찾으러 아시아의 어느 황량한 곳까지 와야 할지도 모르니 말이다. 그러면서 나는, 파리 근교의 모습이 점점 더 빨리 지나쳐가는 창문에 코를 대고, 9층에서부터 떨어지면서 한 층이 지날 때마다 이렇게 되뇌는 한 남자의 이야기를 떠올렸다. "아직까지는, 괜찮아." 마티외 카소비츠 감독의 영화 〈증오〉의 명대사

세 달 후, 내 아이들은…… 들것에 실린 나를 찾으러 오를리 공항에 오게 된다.

실크로드

예순 살이 되면 모든 걸 다 안다고 생각한다. 난 내 삶이 은퇴와 더불어 끝나가고 있다고 생각했다. 이 미친 모험을 떠나면서 나는 또 다른 존재를 스스로 만들어낸 것이다.

하지만 보스포루스Bosporus 해협을 가로지르는 페리에 몸을 싣고 유럽 대륙의 전초前哨라 할 갈라타의 고탑古塔이 멀어져가는 걸 보는 순간, 과연 이 모험이 성공할 수 있을지 의심스러웠다. 거대한 아시아에 도착하자, 1만 2000킬로미터 떨어진 시안까지 나를 이끌게 될 이 길의 실체를 가늠하기 어려웠다. 단지 대륙만 바꾼 것이 아니라, 몸가짐과 단계까지도 바꾼 것이었다. 터무니없게도 서두름과 위급함이 발전으로 직결되는 우리가 사는 세상에서는, 얼마나 빨리 달리느냐에 따라 가격이 올라가는 자동차와 거대한 트럭이 쌓여간다. 발굴된 길이 그리 많지 않은 탓에, 나는 속도에 미친 운전자들이 전세 낸 이 길 위를 주로 걸어야만 했다. 위험천만한 내기였다. 이 길에서 나는 제일 작고, 제일 느리고, 제일 연약한, 뜨겁게 달아오른 쇠와 맞서는 모기 같은 존재일 뿐이다.

앞으로 어떤 남자와 여자를 만나게 될지 상상할 수 없었다. 일 년 전부터 열심히 책을 읽긴 했지만, 그들의 문명과 생활양식과 문화에 대해 내가 아는 건 거의 없었다. 어머니의 강요 때문에 교리문답 교육을 빼먹지 않고 나가던 어느 날 한 신부님이 빵과 포도주가 예수님의 살과 피라는 걸 애써 설명해주던 때처럼, 이슬람과 불교, 그리고 모든 종교적 분쟁이 불가지론자不可知論者이며 무지한 나로선 이해하기 어려웠다.

그래도 나는 떠났고, 젊은이 같은 허기를 지닌 채 이 먼 세상 속으로 뛰어들었다. 물론, 난 모든 것이 두려웠다. 낯선 사람들. 1920년대에 여행자를 독살하여 돈을 빼앗은 다음 자기가 기르던 곰에게 먹이로 주었다는 우즈베키스탄의 여관 주인 같은 끔찍한 이야기들. 종교, 삶의 수준과 양식,

역사, 문화, 음식, 풍경, 찢어진 눈, 피부색, 모든 게 달랐다.

첫걸음을 걸으면서, 첫 번째 마을에서부터 나는 안심할 수 있었다. 사람들은 나를 환대해주었으며 잔치까지 열어주었기 때문이다. 그들의 세상은 우리와 다를 게 없었다. 단지 좀 더 거칠고 좀 덜 위선적일 뿐이었다. 이 여행이 나를 열광시킨 건 내가 어떤 인간인지 깨닫도록 이끌었기 때문이다. 걷는 사람의 무리 속에는 나이도 계급도 존재하지 않는다. 발길을 멈춘 대부분의 소박한 마을에서, 나란 존재는 대단한 호기심을 불러일으켰다. 둘째 날, 사람들은 나 같은 '가톨릭'을 이슬람 사제가 아이들에게 종교를 설파하는 방에서 재워주었으며, 회교 사원을 구경시켜주었다.

여행을 하면서, 나는 이슬람과 그 정신, 실천, 종교의식, 종파, 그리고 그것이 주민에게 미치는 엄청난 영향력에 대해 조금씩 깨닫게 되었다. 키르기스스탄Kyrgyzstan에 가서야, 인간미 넘치는 톡토굴이란 친구가 자긴 불가지론자라고 내게 대놓고 고백했다. 종교는…… 내가 살던 곳에서는 너무 비밀스러운 것이 되어버려서 나도 이제는 거의 생각하지 않고 살아왔다. 이슬람을 발견하면서, 특히 몇몇 추종자의 과격한 실행과 부딪치게 되면서, 나는 어쩔 수 없이 우리 자신의 역사와 연결시키게 되었다. 시아파와 수니파 간의 전통주의 논쟁과 종교적 폭력에 대해 엄격히 비난하는 우리는 누구인가? 우리도 알비종파 12세기 중엽 로마 가톨릭 교회와 대립했던 이단 분파를 근절시키고, 생−바르텔르미 학살 1572년 신교도 앙리 드 나바르(앙리 4세)와 구교도 마르그리트(여왕 마르고) 간의 정략결혼 때 구교도가 신교도 수천 명을 학살한 사건을 저질렀으며, 예배행렬에서 모자를 벗지 않았다는 이유로 슈발리에 드 라 바르 Chevalier de La Barre의 목을 치지 않았던가? 이 여행은 단지 내 근육에 젊음의 원천을 되찾는 일뿐 아니라 내 자신의 문화와 역사에 대한 사고를 완성하기 위한 과정이었다. 후에 나는, 젊은 친구의 외국 여행을 추진하는 모든 활동에 격려를 아끼지 않게 되었다. 멀리서 보면 자기가 사는 곳에서 일어나는 일이 더 잘 보이는 법이다. 꿈과 때론 악몽이 뒤섞인 이 길 위에서의 만남에 나는 매혹되었다. 그들이 지닌 이국적인 모습 때문이라기보다는 그들과 나눈 교감의 수준 때문이었다. 하지만 난 부유한 나라에서 온 사람이었고, 그곳의 가진 것 없는 농민과 비교하면 부자였다. 아무리 겸손하게 얘기해도, 그들 가운데 다른 어떤 누구보다도 나는 유식한 사람이었다. 나는 여행도 많이 했고, 직업 덕분에 이른바 '위대한 사람'도 많이 상대해보았다. 서로 다른 두 세계. 그럼에도 매일같이 친구를 만날 수 있었다.

거칠고 가난한 그와 부유한 나, 우리는 단숨에 동등한 관계가 된다. 그는 내게 주고 나는 그에게서 받으며 배운다. 대지와의 오랜 싸움 동안 태양과 추위에 노출되어 나이보다 일찍 늙어버린 그 농부들은 나를 보고 놀란다. 그들이 내 나이를 물어봐서 알려주면, 그들은 내가 여권을 그들 코 앞에 펼쳐 보여주기 전까지 믿지 못한다. 같은 나이지만, 그들은 오래전에 이미 단념하고 조용히 자신의 최후를 기다린다. 간혹 몸을 움직일 수 있으면 천국을 찾으러 메카에 가기도 하면서. 내가 사는 나라에선 보기 힘든 미덕인데, 이곳에서는 나이를 먹으면서 다른 사람의 존경을 더 받게 되고 흰머리는 전적인 숭배의 대상이 된다. 어떤 언어를 사용하든지 간에 중앙아시아 전역에서 '악사칼'aksakal, 흰 수염이나 백발 또는 장로라는 뜻이라는 칭호로 불리는 노인은 환대와 경청과 복종의 대상이다. 나는—아직은—'악사칼'이 아니다. 그 증거로, 몇몇 마을을 지나면서 반바지와 괴상한 배낭 차림의 이국적인 모습을 한 나를 꼬마들이 놀리면서 쫓아다녔다. 그런데 자기 집 문가에 앉아있던 어떤 노인이 "얘들아, 조용히 해라" 하고 한마디 던지자, 흰 수염의 영향력을 증명하듯 금방 조용해졌다. 내 나이와 계획에 대해 알게 되면, 어떤 '악사칼'은 검지로 자신의 관자놀이를 친다. '머리가 좀 이상한 사람'이라는 뜻으로 어디서나 쉽게 풀이될 수 있는 동작이다. 그러면 그와 나는 뭔가 공모라도 한 듯 너털웃음을 터뜨린다.

내가 늙었다고? 전혀 그렇지 않다. 스스로 아무리 꼬집 어봐도 나 자신의 감각이 믿겨지지 않는다. 나는 매일매일 다시 젊은이가 되어가고 있었다. 근육은 신경을 쓰지 않아 도 될 정도였다. 피부 아래서 마치 기름이 잘 칠해진 기계 장치처럼 돌아갔던 것이다. 피로를 느끼지 않고 30, 40, 50 킬로미터를 걸을 수 있다. 갈비뼈가 좀 아프고 햇볕이나 바 람 때문에 간혹 피곤이 몰려와도, 밤에 잠깐만 쉬면 기적처 럼 사라져버린다. 불면증 환자였던 내가 돗자리나 사막의 돌 위에서 아이처럼 잠을 잔다. 내가 알던 모든 것이 새로 운 의미를 지니게 되었다. 나는 모든 걸 다시 검토하기 시 작했다. 내가 새로이 발견하고 있는 이 세상 속에서 '늙었 다'는 것은 무슨 의미인가? 은퇴 자체를 모르는, 무덤에 들 어갈 때까지 일하는 이곳에서 '은퇴'가 무슨 의미를 지니고 있는가? 우정이라는 소중한 덕목이 아무 차별 없이 서로를 풍요롭게 만들어주는데, '부자'는 또 뭘 의미하는가? 나무 꾼 철학자 셀림*을 만났을 때의 놀라움을, 구멍가게 주인 모스타파의 사심 없는 환대를, 중국 투루판吐魯番에서 의기

소침했을 때 받은 류劉의 친절을, 또 내가 말브랑슈^{Niclas de} ^{Malebranche, 1638~1715. 프랑스의 철학자}를 읽어봤는지 계속 신경 쓰던 베흐체트와 나눴던 문학적인 토론을, 대체 어떻게 잊을 수 있단 말인가? 내 수레—내가 윌리스^{Ulysse, 오디세우스의 프랑} ^{스식 표기}라고 이름 붙인—에 제대로 된 바퀴를 달아주려고 아들의 자전거를 희생한, 그 보상으로 그저 포옹만을 요구했던 우마르에게 다만 어떻게 고마움을 전할 것인가? 염소 치기, 대학 교수, 마을 족장…… 마치 쟁기질 해서 모든 영역을 펼쳐놓기라도 한 것처럼 너무나 다양하고, 열려있고, 인간적인 이 사회를 발견하면서, 비로소 그 영혼의 깊이도 알게 되었다.

이란을 거쳐가는 동안, 몇 년 전부터 이런저런 뉴스로 거의 주입되다시피 했던 폭력적인 이미지를 내 머릿속에서 지워버리게 되었다. 내가 발견한 건 친절하고 교양 있고 극진하게 환대해주는 '사람들'이었다. 그들은 몇몇 회교 지도자의 폭력과 압제와는 대조적인 침착하고 고집 센 저항을 고

---

* 내가 이 대목을 쓰는 순간, 예니 달릭의 집에서 셀림이 그의 소중한 책들에 둘러싸인 채 세상을 떠났다는 슬픈 소식을 듣게 되었다.

수하면서 지역 경찰인 '파스다란'의 야만적 행태에 대해 여인과 포도주를 자유의 찬가처럼 노래했던 시인들의 시구를 낭송하는 걸로 응수하고 있었다. 우리의 정보라는 것은 미공개된 것, 혹은 예외적인 것만 쫓아다니는 탓에 본질을 간과하게 만든다. 누군가 교수형 당하는 모습을 TV로 내보내면 시청률이 오르는 건 사실이다. 그러나 행복은 카메라로 찍을 수 없다. 입에 재갈이 물린 주민은 복수에 대한 두려움 때문에 말을 할 수 없다. 하지만 제도적 폭력에 짓눌린 그 사람들 앞에 나타난 도보여행자인 내게는 말한다. 그리고 그들은 위험을 무릅쓰면서까지 나를 환대해준다. 내가 확신해온 모든 것이 충돌한다. 개인이 전체와 맞서는 세상에서 온 내가, 모두가 나 한 사람만을 위해주는 세상 속에 떨어진다. 나란 존재가 그저 거대한 사막 속의 모래알 하나에 불과한 대도시에서 온 나를, 이곳에선 애지중지하고 더없이 기쁘게 맞아준다. 그게 나이기 때문이 아니라 이곳에선 어떤 인간도 유일한 존재로 취급하기 때문이다. 나는 이 여행이 미친 짓이라고 매일 스스로 되뇐다. 하지만 떠나길 잘 했다. 그들의 마술과도 같은 몸짓에 의해 내가 평범하게 내딛는 걸음은 대단한 것이 되고, 나의 첫걸음을 다른 수천 명이 뒤따르고, 나는 우주와 시대와 존재를 바꾸게 된 것이다.

모든 걸 알고 있다고 믿었던 나는 사람들과 종교와 언어에 대해 미친 사람처럼 배워나간다. 이번 여행을 통해 네 번의 여름을 보내는 동안, 매일 아침 터키어와 파르시(이란어), 그리고 중앙아시아에서 유용한 러시아어를 배우면서 걸었다. 훌륭한 경치라면 지금까지 실컷 봐왔다. 예전에는 나의 직업적인 여행을 이용해서 바쁜 관광객이 되어 오세아니아의 산호초, 아프리카의 숲, 콜로라도의 계곡을 구경했다. 이제 나는 아나톨리아 고원 위를 천천히 걸어나가며 카비르Kavir 사막과 파미르Pamir 고원의 눈과 중국 황토로 꾸며진 산이 나오길 기다린다. 감탄하기에 여념 없는 소년처럼, 나는 이 유일무이한 세상 속으로, 손을 내밀고 두 팔을 활짝 열고 있는 이 다양한 사람들 속으로 빠져들어간다.

실크로드에서의 모험은 내게 삶을 다시 가르쳐주었으며 죽음과 직면하게 해주었다. 독자에게 이미 말했듯이, 나는 내 아이들에게 약속했었다. 무슨 수를 쓰더라도 돌아오겠다고. 하지만 최종적인 결정은 누가 하는 것인가? 여정 전체에 걸쳐, 나는 내 생명을 단축시키려는 달갑지 않는 시도를 운 좋게 몇 차례나 모면할 수 있었다. 곰과 늑대, 이따금씩 지나치게 다가오는 세인트 버나드로부터 양떼를 지키는 살인적인 사냥개 캉갈Kangal이 사납게 공격해왔을 때도 그러했다. 내 지갑을 집요하게 노리던 도둑은 내가 저항하면 목숨까지도 취할 수 있었다. 협곡에서 길을 잃고는 순하고 멍청해 보이는 어떤 농부의 트랙터에 올라탔다가 끝장이 날 뻔하기도 했다. 카라쿰^{Karakoum} 사막에서는 코브라와 전갈을 간신히 피했으며, 내 가여운 아버지처럼 트럭 바퀴 밑에 깔려 죽지 않기 위해 구덩이에 수십 번이나 몸을 던져야만 했다. 유서를 쓰고 온 게 결국 쓸모없는 일이 아닐 수도 있었던 것이다.

내 삶의 게임은 아침마다 새롭게 시작되었다. 오늘 저녁엔 구세주처럼 누가 나타나 나를 맞아줄 것인가? 아니면 내 배낭 안에 프랑스 은행의 금이 있을 거라고 믿은 어떤 미치광이가 혹시 목을 조르진 않을까? 밤이 되기 전에 먹을 것과 마실 것을 찾을 수 있을까? 나는 믿음을 가지면서도 동시에 주의를 늦추지 않았다. 최선의 경우와 최악의 경우를 모두 대비했다. 이제까지 인생은 내가 60년 동안 풀어온 단조롭고 안전한 띠에 불과했다. 나는 전력투구했으며, 삶이 수차례 위협받을수록 그것에 더 가치를 부여하고자 했다. 아직 정정하다는 걸 지나치게 과신한 나는, '청산'되거나 '은퇴'하는 일 없이 내 자리를 그 어떤 것에도 양보하지 않을 셈이었다.

어느 날 저녁, 나는 알리하지^Alihaci 마을에서 마침내 죽음을 마주했다. 주민들이 정말 나를 죽일 거라고 생각했다. 집단적인 광기의 밤이었다. 그날 아침 11시—1999년 6월 16일이었다—에 나는 이스탄불을 떠난 후 1000킬로미터를 돌파하고 있었다. 오후 2시, 트랙터를 탄 남자 세 명이 나를 협곡으로 몰아가더니 배낭을 뺏으려고 바퀴로 위협했다. 나는 끝까지 버텼고 다시 또 운 좋게 벗어날 수 있었지만, 기분은 영 말이 아니었다. 그러다가 저녁쯤 알리란 이름을 가진 초라한 마을에 도착하게 되었다. 알리는 메카까지 성지순례를 한 인물로, 요즘처럼 비행기를 타지 않고 걸어서 성지순례를 하던 시기에 '하지'(메카를 순례한 회교도)가 되었다고 한다. 며칠 전부터, 도중에 만나는 사람마다 권총이나 장총도 없이 걸어가다가는 다음 마을에서 목이 잘려 죽을 거라고 내게 경고했었다. 터키인과 쿠르드인, 시아파와 수니파의 주민이 완전 무장한 채 대립했기 때문이었다. 분위기는 무겁고 위협적이었다. 아침이 되고 나는 좀 더 걱정된 상태로 다시 길을 떠났다. 사람들이 예고한 위험이 나의 알량한 자신감을 끝내 흔들어놓았기 때문이었다.

그날 나는 여행 후 처음으로 뭔가 묘한 대접을 받게 되었다. 내가 실크로드를 가로지르는 중이라는 걸 알고 깜짝 놀란 주민들이, 도대체 왜 그런 생각을 했는지는 모르지만 내가 자기들을 놀리고 있고 사실은 '실크로드의 보물'을 찾고 있다고 믿어버린 것이다. 그들은 막무가내로 내 지도를 손에 넣으려고 했다. 거기에 엄청난 돈이 숨겨진 곳이 표시되어있을 거라고 생각했기 때문이다. 나는 당연히 거절했다. 길을 찾는 데 필수적인 도구를 그들에게 선물로 줄 수는 없는 노릇이었다. 하지만 나의 거절이 그들의 확신을 더 강하게 만들었다. 자기들 바로 눈앞에 엄청난 횡재가 있는데 혼자 독차지하려 한다고 생각한 것이다. 밤이 되자, 나는 간신히 그들을 설득하여 그들이 처음 나를 맞아주었던 작은 공동 건물에서 쉬게 되었다.

모든 주민이 돌아간 후, 나는 든든한 쇠기둥으로 조심스럽게 문 앞에 바리케이드를 쳤다. 트랙터를 탄 도둑들한테 혼이 나서인지, 도무지 전혀 안심이 되지 않았기 때문이다. 하지만 하루 동안의 강행군과 모험으로 기진맥진한 나는, 더위 때문에 벌레처럼 벌거벗고 판자침대 위에서 금방 잠이 들어버리고 말았다.

자정쯤 소란스러운 소리 때문에 잠이 깨었다. 걱정되어 불도 켜지 않고 작은 창문으로 밖을 내다봤더니 온 마을이 흥분의 도가니였다. 방문 앞에서 몇몇 사람이 뭔가 의논을 하고 있었다. 그중 한 명은 촛대같이 생긴 나팔 모양의 낡은 총을 들고 있었다. 어느새 그들이 문을 박차고 들어와 소위 '보물 지도'를 빼앗기 위해 나를 죽이는 장면을 상상하고 있었다. 뻣뻣해진 다리를 끌고 판자침대 위에 다시 앉았다. 이렇게 여행이 끝나는구나. 이 무지한 사람들이 정말 아무것도 아닌 일로 나를 죽이는구나. 터무니없고 비극적인 일이지만, 나는 존재하지도 않는 금 냄새에 미쳐버린 사람들의 눈먼 욕심과 무지의 희생자가 되어 멍청하게 죽을 것이다.

지금까지 살아오면서, 두세 번의 교통사고를 모면한 적이 있고 바다낚시를 하다가 물에 빠져 죽을 뻔한 적도 있다. 심각한 수술로 닷새 동안 코마에 빠져있기도 했다. 하지만 이렇게 맨 정신으로 존재의 최후를 직면한 적은 한 번도 없었다. 나는 운명을 시험했었는데, 이제 운명이 말하고 있다. "때가 되었다." 어떻게 할 것인가? 울 것인가, 애원할 것인가, 그냥 절망에 빠져있을 것인가? 나는 이 무시무시했던 순간을 자주 떠올려보곤 한다. 숨을 크게 들이쉬고 가만히 말했다. 벌거벗고 죽을 수는 없다. 어둠 속을 더듬어서 내 옷과 자존심을 되찾았다. 하지만 신발은 그냥 무시했다. 양말만 신고 죽을 수도 있는 일. 그리고 나는 그들이 문을 부수고 들어오기를 기다렸다.

밖에서의 소동은 더욱 커졌지만, 아무 일도 일어나지 않았다. 지친 나는 팔꿈치를 괴고 있다가 길게 누웠다. 사람들이 곧 나를 죽일 거라고 확신하고 있었음에도 나는 잠들어버렸다. 지금 생각해보면 제일 놀라운 게 바로 이 점이다. 하루 동안 열심히 일한 후의 여느 날 저녁처럼, 나는 그저 졸음 속으로 빠져들었던 것이다. 살인 집단에 맞서 총알이 나를 관통하기 전 크나큰 뭔가를 위해 만세를 부르는 종류의 영웅이 아니었다. 거기엔 어떤 용기도 개입할 여지가 없었다. 그저 내 삶의 마지막 신호를 소박하고 침착하게 받아들일 뿐. 어떤 격식도 차리지 않고 나의 죽음을 받아들이고 있었다.

뭔가 세차게 문을 두드리는 소리에 잠에서 깨었을 땐 새벽 1시가 넘어있었다. 작은 창문으로 무거운 철모를 쓰고 방탄복을 입은 한 군인이 무시무시한 기관총을 들고 있는 게 보였다. 농부들이 군대에 연락을 한 것이다. 나는 곧 안심했다. 반反 쿠르드 전투를 위한 특수 정예군인 '잔다르마 Jandarma'는 거친 사람들이었지만, 주민과는 달리 통제를 받는 조직이었다. 이렇게 말하면 어떨지 모르지만, 문명화된 사람들이라고 볼 수 있었다. 내가 문을 막고 있던 쇠기둥을 치우자 몇몇 군인을 대동한 두 명의 하사관이 기관총을 겨누며 건물 안으로 밀고 들어왔고, 그때 나는 언젠가 분명 죽기는 하겠지만 지금 당장은 아닐 거라는 생각이 들었다.

이렇게 해서, 이 여행은 내가 엄청난 도약을 할 준비가 되어있음을 알려주었다. 비록 그것이 완전히 다시 시작하는 일일지라도. 나는 터무니없는 공포에 굴복할 수도 있었다. 하지만 단지 셔츠와 속옷과 반바지와 양말을 다시 차려입었을 뿐이다. 이 일의 교훈을 얻은 것만으로도 이동한 가치가 있었던 셈이다. 후에 내가 알게 된 사실은 이러했다. 쿠르드와의 전쟁에 이골이 난데다 내 신기한 배낭(그들은 제대로 본 적도 없었다)에 호기심이 생긴 마을의 노인들이, '테러리스트'를 도망치게 내버려뒀다는 추궁을 받을까봐 겁이 나서 잔다르마를 불렀던 것이다. 군인들은 자기들이 도착할 때까지 그들에게 나를 감시하라고 했다. 내가 만약 도망치려고 했으면 나는 아마도 총에 맞았을 것이다.

몇 주 후, 극심한 병으로 쓰러진 나는 반쯤 의식을 잃은 채 프랑스로 긴급 송환되었다. 하지만 여덟 달 후, 나는 정확히 내가 기절했던 곳을 찾아가 거기서부터 다시 길을 떠났다. 나는 죽음을 길들이고 있었다. 위험이 다시 나를 스쳐 지나갔을 때, 그리고 낯선 행운의 도움으로 여정을 끝낼 수 있었을 때, 나는 몇 번이고 그 사실을 확인했다. 죽음이라는 친구는 더 이상 내게 두려운 존재가 아니었으며, 나는 해골 한가운데 코 대신 뚫린 그 구멍에 대고 실컷 웃어줄 수 있었다.

이 엄청난 모험으로부터 만약 단 하나의 결론만을 내려야 한다면, 그건 죽음에 대한 것이 아니라 삶에 대한 것이다. 지금까지 한 번도 지니고 있다고 생각해본 적 없는 이 에너지는 어디서 온 걸까? 몇 달 전만 해도 스스로 다 끝났다고 생각했었는데, 그 무엇이 나를 단숨에 강하고, 긍정적이고, 의욕적으로 만들어준 것일까? 대답은 이중적이다. 이 외로운 모험은 본연의 모습으로 날 돌려주었다. TV가 고장이 나건 말건, 어떤 종류의 소동에도 마음을 뺏기지 않았고 흔들리지 않았다. 세상의 어떤 일로부터도 해방되었고 몸과 마음을 비울 수 있었다. 이런 행복의 또 다른 이유는 걷는 것 자체로부터 온다. 내가 콤포스텔라를 걸으며 예상했고 또 느꼈던 것처럼, 일상적인 활동과 노력—때론 힘들기도 했지만—은 나를 무너뜨리기는커녕 그 반대였다. 그런 상황을 통해 나의 에너지 창고는 고갈되지 않고 거의 순식간에 다시 채워진다는 사실을 놀라운 마음으로 확인할 수 있었다. 내가 사용할수록, 비축량은 더욱 늘어났다. 도를 넘지 않을 정도까지 자극된 나의 근육은 가능한 최고의 힘을 발휘하며 즐겼고, 걷는 거리가 늘어날수록 좀 더 강해졌다. 엔도르핀으로 흥분된 나의 피는 뇌에 쾌감을 전해주고 있었다. 나는 이런 기쁨을 이런 저런 형태의 노래로 만들어 부르며 길을 갔다. 어렸을 때 배운 몇몇 후렴구와 구절이 머리에 떠오르기도 했다. "고릴라, 릴라, 릴라를 조심해라" "사람들은 이렇게 사는 건가" "남자들과 여자들은 서로 좋아해" "화창한 분수에서" "미롱통, 미롱통, 미롱텐……."

어쩌면 난 지나치게 소심한 건지도 모르겠다. 어떤 야심이 나를 사로잡은 적은 한 번도 없었다. 그건 가난했던 어린 시절 때문일 게다. 내가 다닌 중학교에는 잘사는 부르주아나 상인의 아들이 엄청나게 많았다. 그땐 그렇게 생각했다. 쟤네들은 좋은 환경 출신이고, 옷도 잘 입었고, 교육도 잘 받았고, 매일 샤워도 할 수 있으니까 나보다 더 뛰어나고, 더 힘도 세고, 더 똑똑하고, 더 교양도 있는 거라고. 어른이 되고 나서도 이런 열등감은 내내 떨쳐버릴 수 없었다. 그걸 불평하지는 않는다. 그로 인해 내 자신의 길을 갈 수 있었고 유행을 따르지 않게 되었으니까. 다니엘이 세상을 떠난 후, 어쩔 수 없이 집안일이나 아이들을 돌보게 되면서, 그리고 장보기나 다림질, 요리 같이 소위 여자의 몫으로 알려진 일을 직접 하게 되면서, 나는 내가 알던 대부분의 남자보다 여자들이 더 깊이가 있고 진실하다는 사실을 깨닫게 되었다. 하지만 실크로드 위에서, 나의 겸손은 나쁘게 작용했다. 내가 만난 도시나 마을의 사람들은, 내가 걸어서 1만 킬로미터 혹은 2만 킬로미터를 지나왔으며 몇 달 후 집에 돌아가려면 앞으로도 또 그만큼을 걸어야 한다고 말하면 자기들의 귀를 의심했다.

조금 이상한 일이지만, 사람들이 나를 거의 신처럼 취급하는 걸 매우 못마땅해하던—그렇게 되면 내가 자기와 경쟁자가 된다고 생각했던 것 같다— 약간 외국인 자체를 싫어하는 것처럼 보였던 한 사제를 제외하면, 다른 사람의 말이나 시선에서 나의 성공을 의심하는 눈치는 조금도 찾아볼 수 없었다. 그들은 어쩌면 내가 교통수단을 이용하고 있다고 믿었던 걸까? 나는 철저한 걷기 원칙주의자라서 '나의' 실크로드에서 단 1미터라도 남의 도움 받는 걸 용납할 수 없다고, 그들에게 설명해줬어야 했을까? 가끔 안전 문제로 어쩔 수 없이 트럭을 타게 되면, 나는 다음 날 아침 길을 거슬러 올라가 전날 내가 그 냄새나는 차의 힘을 빌려야 했던 곳을 정확히 찾아내 그곳에서부터 다시 길을 떠나곤 했다. 이렇게까지 집착하는 걸 보면 대범한 사람은 비웃을지도 모른다. 하지만 나도 고칠 방법이 없다. 내가 매일 거쳐 간 수십 킬로미터의 거리, 만난 사람, 꿈과 같은 경치가 내 노년의 재산이다. 어쩌면 난 수전노 아르파공 17세기 프랑스 희곡 작가 몰리에르가 쓴 〈수전노〉에 나오는 주인공 처럼 내 기억의 작은 상자를 고이 끌어안고 있는 건지도 모르겠다. 평생 동안 은행 계좌에 관심 한번 가져보지 못했던 내가 이렇게 되다니, 신기한 일이다.

잃어버린 몇 가지 가치

실크로드에서 환희에 차있었던 것은 내 근육뿐만이 아니었다. 나의 신경세포도 노래했다. 지금까지 살아오면서 이렇게까지 열을 올리며 지식을 쌓고, 정보를 얻고, 질문을 하고, 책을 읽고, 방문하고, 배우고 또 배우려 했던 적은 단한 번도 없었다. 물론 약간 산만한 면도 있었지만, 나는 배우는 게 너무나 즐거운 초등학생처럼 행복했다.

이 길을 통해 얻은 인생의 교훈은, 너무나 명백하고 강렬하고 절대적인 것으로 보여서 내가 이제껏 크게 무게를 두지도 않았고 되새겨보지도 않았던 몇몇 가치에 대해 조금씩다시 생각하게끔 만들었다. 첫 번째는 환대歡待에 대한 것이다. 그것은 내가 사는 곳에서는 좋았던 옛 시절의 향기 같은 것이고, 오래된 사투리와 기름 램프와 함께 망각의 벽장 속에 잘 정리되어있다. 오늘날의 여행자들이 알고 있는 환대라고는—콤포스텔라 대로의 몇몇 숙소에서처럼 예외가 있기도 하지만—별 몇 개 달린 호텔에서 가격에 따라 제공해주는 것뿐이다. 이름도 향기도 맛도 없는 이런 환대는 일반화되고 국제적인, 즉 서양식의 안락함만을 준다. 이런 환경에서는 원주민과 섞이기 어렵다. 게다가 어떤 여행자는 굳이 그러려고 하지도 않는다. 유난히 못사는 나라에 갔던 한 여행자가 절망스럽게 부르짖는 비명을 들은 적이 있다. "우린 가난한 사람을 보러 온 거지, 그들처럼 살려고 온 게 아니란 말예요." 그 착한 사람은 외쳤다. 호텔 시설에 뭔가 고장이 생겨서 다음 날 아침 더운 물이 안 나올 거란 얘길 들었던 모양이다. 그는 당연히 여행사에 항의해서 자신이 누려야 할 안락함이 손상된 데 대한 보상을 요구했을 것이다.

유럽의 도시와 시골에서는 이제 더 이상 누군가에게 문을 열어주지 않으며, 대신 문에 '안전장치'를 해놓는다. 도둑에 대한 두려움이 친구를 맞는 즐거움보다 더 앞서기 때문이다. 최근까지만 해도, 종교인과 군인은 집주인의 의사가 어떠하든지 간에 일단 발을 들여놓을 수 있는 특권을 누려왔었다. 종교인을 받아주면 몇 년 동안 연옥에라도 머물 수 있을 거라 생각했기 때문이고, 군인을 받아준 건 그들이 식사와 잠자리를 부탁하는 게 아니라 강요했기 때문이었다.

내가 걸어갔던 길 위에서, 오디세우스와 이븐 바투타Ibn Battutah, 1304~?1368와 마르코 폴로Marco Polo, ?1254~1324는 바로 이 환대라는 낡아빠진 개념 덕분에 오랫동안 세상을 항해할 수 있었다. 그들이 집주인에게 대가로 지불했던 건 그저 미소뿐이었고, 집주인은 그보다 백배는 더 큰 미소로 그들에게 화답해주었다. 젊은 마르코 폴로는, 신장웨이우얼의 어떤 도시에서 집주인이 여행자에게 자기 집과…… 자기 아내까지도 그가 원하는 기간 동안 제공했다는 이야기를 언급하기도 했다. 동양에서 내가 발견한 것은 사람들이 여닫는 문—어떤 것은 그냥 천으로만 되어있다—이 아닌 문턱의 중요성이다. 상징적으로, 그것은 이방인과 거주자 사이의 경계선을 나타낸다. 사람들은 집에 들어가기 전에 존중의 표시로 신발을 벗는다. 그건 내게는 간단한 일이 아니었다. 장화를 벗으려면 늘 한참 걸렸는데, 그동안 집주인은 어정쩡하게 기다려야 했기 때문이다. 아시아에서 신발은 대개 실내화나 샌들로, 친구의 집이나 사원에 들어가기 전에 길가에다 잠시 벗어버리는 걸로 인식했다. 이런 상징적인 행위에 큰 충격을 받았던 나는, 훗날 내가 어려운 상황에 처한 젊은이를 돕는 단체를 세우게 될 때 '문턱'이라는 아름다운 이름을 붙이게 되었다. 그 소외된 젊은 친구들이 사회의 문턱에서 오도 가도 못한다고 생각했기 때문이다.

무슬림 사회에서 환대가 얼마나 대단한 의미를 지니는지 이해하려면, 이슬람 창시자들이 유목생활을 하던 과거부터 설명해야 할 것이다. 이런 덕목은 토착생활을 하는 사람들 사이에선 찾아볼 수가 없으며, 나는 중국을 거쳐가는 동안 그 대가를 치러야 했다. 중화제국中華帝國의 사람들은, 딱 한 번 예외가 있었을 뿐, 대개 나를 밖으로 쫓아내거나 돈을 받고 안에 들였다. 무슬림 사회에서 환대의 전통은 수세기 동안 유지되어왔다. 걷거나 말을 타고 메카로 가는 순례자를 맞아주는 일이 필요했기 때문이다. 이 전통이 아직도 남아있다. 거의 날마다 내가 전혀 알지 못하는 사람도 자신의 식탁과 잠자리를 거절하지 말아달라고 내게 간곡히 부탁했다. 주민들도 정착생활을 하게 되고 현대적인 교통수단을 사용하게 되면서, 중앙아시아에서 아직까지도 흔하게 볼 수 있는 이런 풍경 또한 그리 멀지 않은 미래엔 추억의 가게 속에 진열될지도 모른다. 최근 여행을 가보니, 그전까지 버티고 있던 고대 대상 숙소들이 별 네다섯 개짜리 호텔로 변했다. 하지만 그 근원에는, 처음 사흘 동안 아무 것도 지불하지 않고 머물 수 있었던 안식처의 모습이 여전히 존재하고 있었다.

　스무 살 때 스페인을 여행하다가, 안달루시아의 작은 도시에 있는 내 친구의 집에 머문 적이 있다. 어느 가게에서 칫솔을 샀는데, 주인이 돈을 받으려 하지 않았다. 그땐 내 스페인어 실력이 모자라서 그에게 이유를 설명해달라고 할 수도, 그의 대답을 이해할 수도 없었다. 나는 나중에 친구가 해준 이야기를 듣고 놀랄 수밖에 없었다. 내가 떠나고 나면 그의 아버지가 가게들을 돌며 내가 산 물건을 계산해 주었다는 것이다. 당연한 얘기지만, 나는 그 말을 듣자마자 더 이상 아무것도 사지 않았다. 알바니아에서는, 낯선 사람이 마당에 들어오면 집주인이 그의 무장을 해제시키고, 그때부터 환대한다.* 지독하게 가난한 집들도 망설임 없이 내게 문을 열어주곤 했는데, 가끔 난 뱃속에서 나는 아우성에

---

* 한 여성 독자가 내게 공동으로 저술된 멋진 책 한 권을 선물했는데, 이 문제에 관심 있는 사람들에게 일독을 권한다. 《환대의 책》(알렝 몽탕동 외, 바야르 출판사)이라는 이 책은 실제로 어떤 방법으로 환대하는지 2000페이지에 걸쳐 생생하게 설명하고 있다. 슬프게도, 이제는 죽어가는 관습들이다.

도 불구하고 시장하지 않은 척해야 했다. 그들이 저녁 식사를 가져오면 내 접시는 음식으로 넘쳐났지만 집주인과 그 아이들의 접시는 거의 비어있었기 때문이다.

여행을 통해 내가 새롭게 평가하게 된 가치는 환대뿐만이 아니다. 처음 길을 떠났을 때, 나는 물값을 알지 못했다. 그저 치솟는 주가로 인해 부러움을 사는 대기업이 해마다 보내오는 고지서를 통해 짐작할 뿐이었다. 아시아에서 물은 생명이다. 그것의 중요성을 알려면 사막을 걸어보는 게 최고다. 모든 수원水源이 기적처럼 나무들을 자라나게 하지만 그 근처에는 죽음 같은 메마름만이 존재한다. 걸어 오아시스에 다가가는 것은 정말 감동적인 순간이라서, 저 황토색 지평선 끝에 솟아나는 녹색의 생명을 향해 나는 천천히 걸어가며 그것을 조금씩 음미한다.

그전까지 거의 신경 쓰지 않았던 이런 생각들이 사물을 보는 내 관점을 뒤흔들어놓았다. 초라한 행색으로 온 마음을 열고 있으면서도 어떤 적대적인 존재나 독재적인 체제에 맞서 싸울 줄 아는 이 사람들은, 내가 어렸을 때부터 몸담아온 사회, 지금 여기에서 태어난 걸 당연하다고 여기며 살아온 그 온건하고 부유하고 민주적인 나라에 대한 내 시각을 재고하게끔 만들었다. 빈곤하게 사는 이 주민들은 우리의 부를 부러워하지만, 비록 우리가 가난을 몰아냈다고 는 해도 그들이 느끼지 못하는 다른 두려움에 시달리고 있 음을 그들은 알지 못한다. 실업, 죽음, 도둑, 경찰, 이웃, 세 무 관리, 주가 폭락, 자동차 사고에 대한 두려움, 아이를 맡 길 탁아소를 찾아야 한다는 두려움 같은 것 말이다. 그곳 정치인의 화두가 삶의 수준을 서양 수준까지 끌어올리는 것이라면, 우리네 나리들의 그것은 우리를 좀 더 안전하게 만들어주겠다는 것이다. 우리는 말 그대로 보수적인 사람 들이라서, 우리의 부와 장점과 기득권이 유지될 거라는, 즉 확대될 거라는 확신을 좇는 존재다. 그 여정에서 우리가 방 치하는 사람에 대해서는 별 신경도 쓰지 않으면서.

그 최소한만을 가진 사람들 앞에서, 나는 집과 차와 노 후와 인생까지도 보장된 부유한 사람이라는 얘기를 차마 할 수가 없었다. 만약 우리 집 발코니에서 꽃병이 떨어져 어떤 이의 머리에 맞는다고 해도 누군가 나 대신 그 불행한 사람의 장례를 치러줄 것이며, 우기기만 하면 꽃병 값을 환 불받을 수도 있을 것이다. 사람들이 그토록 위험하다고 거 듭 말했던 그 길 위에서, 나는 몇 걸음만 가도 경찰 모자가 보일 정도로 치안이 잘 유지된 도시 파리에 있을 때보다도 더 안심할 수가 있었다. 이러한 확신은 물론 실제적인 위험을 감수하면서 느끼는 것이지만, 아마도 내가 모든 마을에서 마주칠 수 있었던 진한 인간미로부터 생겨난 것이 아닐까 한다. 그런 인간들에 둘러싸여, 나의 인간미를 되찾고 있었던 것이다. 물론 나도 언젠가는 죽게 되어있는 유한한 존재다. 하지만 그게 여기건 다른 곳이건, 뭐가 중요하겠는가? 떠나기 전에 누이 한 명에게 위험한 일은 절대 하지 않겠다고 약속했는데, 그녀가 내 여행기 《나는 걷는다》 첫 권을 읽고 나더니, 나를 못된 거짓말쟁이로 취급했다. 거짓말을 했던 것은 아니다. 소파에 앉아 근근이 연명하기보다는 위험하게 사는 게 더 낫다는 생각을 실천했을 뿐이다.

나의 실크로드는 삶의 길, 새로운 삶의 길이었다. 나는 겉치레들을 찢어버렸다. 한 걸음 걸을 때마다 나의 환상과 거짓을 비워나갔다. 삶을 위험에 빠뜨리면서까지 왜 그렇게 멀리, 왜 그렇게 느리게 길을 떠났는지 믿기 어렵다는 듯 물어보는 사람들에게, 뭐라 대답할 것인가? 솔직히 말하자면, 나는 아무 생각도, 정말 아무 생각도 없었다. 단지 거길 가야 한다는 억누를 수 없는 욕망만을 느꼈을 뿐이다. 그래도 뭔가 설명해야 했기 때문에, 동양의 지혜를 찾으러 갔던 거라고 농담처럼 꾸며대기도 했다. 기독교 초창기의 은둔자들이 나무로 만든 오두막집이나 짐승이 오가는 동굴 속에 숨어들어 지혜를 구하듯이. 그건 잘못된 계산이었다. 어딘지도 모르는 곳에 은거해서 자리 잡고 성스러운 고독을 느낄 틈도 없이, 그 불행한 성자는 자신의 소박한 오두막집 앞에 무리지어 찾아와 엎드리며 지상에서 행복해지는 비결, 혹은 천국에 안전하게 들어가는 방법 따위를 구하는 죄인을 보게 되기 때문이다.

다른 모든 사람처럼, 내 인생에도 굴곡이 있었다. 기병은 말에서 떨어지면 즉시 다시 올라타야 한다는 규칙이 있다. 그러지 않으면 어느새 두려움이 자리 잡기 때문이다. 눈이 더 이상 녹지 않는 아나톨리아 고원 위에서 맞닥뜨린 병과 극심한 고통으로 갑작스럽게 첫 여행을 마치고 나서 2000년 5월에 다시 길을 떠났을 때, 내가 겁을 내지 않았다고는 말할 수 없다. 만약 나의 장腸들이 말을 할 줄 알았더라면, 제발 살려달라고 비명을 질렀을 것이다. 나는 그 비명을 듣지 않았고, "조심해!"라고 외치는 사람들의 말도 듣지 않았다. 결국 내 행운에 대해 터무니없는 믿음을 가졌던 것이다.

고대 황국의 수도 시안의 정중앙에서 시간을 알려주는 그 신화적인 종루鐘樓까지 도착할 수 있으리라고, 내가 줄곧 확신했던 것은 물론 아니다. 하지만 두려움이 쌓여가는

와중에도 나는 그럭저럭 계획을 마칠 수 있으리라는 믿음
이 있었다. 길을 오래 걸어보지 않은 사람은 이런 정신 상
태를 이해하기 어려울 것이다. 사실 엄청나게 걷다 보면 스
스로에 대한 확신이 생기고 그것은 점점 커진다. 우리의 몸
가운데 서양 문명을 지탱해주는 엉덩이는, 앉는 자세를 추
구하는 사람들이 일상생활에서 너무나 많이 의존하는 부위
라고 할 수 있다. 그와는 반대로 걷는 일에서는 뇌가 주도
한다. 끝도 없이 펼쳐진 공간 속에서 아무것도 시선에 잡히
는 것이 없을 때, 나무 한 그루조차 지평선에 보이지 않을
때, 새 한 마리도 하늘에 날지 않을 때, 생각은 떠오른다.
고비 사막이나 타클라마칸 사막에서, 나는 지나간 내 인생
의 영상들을 다시 떠올린 것이 아니라 내게 남아있는 시간
들을 상상하고 구성해보았다. 두 번째 실크로드 여행을 마
치기도 전에, 나는 이미 머릿속에서 '문턱' 조직의 규칙을
생각했고 정보와 참가자 모으는 일을 시작했다. 돌아갔을
때 나를 기다리고 있는 그 길고도 낯선 일, 어려움에 처한
젊은이를 돕는 일에 착수해야 할 것이다. 여러 가지 생각으
로 복잡했지만, 어떻게 실행에 옮길 것인가? 누구와 더불
어, 어떤 방법으로? 좀 더 일찍 생각하고 해결책을 찾아내
고, 배워나갔어야 했다……

혼자 배우는 사람들—내가 평생 그랬듯이—은, 자신들이 남보다 뒤처진다고, 그래서 배운 사람이나 유식한 사람을 따라잡으려면 더 서둘러야 한다고 믿는다. 그래서 나도 관찰하고, 자료를 뒤적이고, 열심히 공부하고, 모든 걸 배우고자 한다. 이런 면에서도, 독학자는 같은 틀에서 나온 사람에게만 제한된, 닫힌 집단 속에 섞여 들어가기 어렵다는 단점을 지닌다. 그들의 장점은 어떤 시스템에도 갇혀있지 않다는 것이며, 그것이 그들을 더 창의적으로 만들고 이미 다 알려졌다고 여기는 영역을 개척하거나 사막에서 월장석月長石을 발견하게 만들기도 한다. 하지만 계속 일을 해야만 한다…… 나보다 더 느린 사람은 없을 것이다. 내 호기심은 한계를 모르기 때문이다. 신문 하나를 읽을 때도 몇 시간이 걸린다. 가끔 낱말 맞추기에서 몇 개 빼먹을 때가 있을 뿐, 1면부터 마지막 면까지 다 읽기 때문이다.

이런 나의 지식에 대한 욕구는 실크로드에서 아주 요긴하게 활용되었다. 무엇보다, 내가 만나는 낯선 사람과 얘기를 해야 했기 때문이다. 내 뇌를 가득 채워 세상의 신비로움과 아름다움이 넘쳐나게 하는 일 말고는 아무것도 하지 않는 그 축복받은 시간 동안, 나는 즐거운 마음으로 언어 수업에 빠져들었다. 나는 그 나라의 잔돈과 풍습과 예술에 익숙해졌으며 지도 읽는 법을 익혔다. 이란어나 중국의 표의문자로 작성된 지도는 좀 골치 아프기도 했다. 그러면 나는 길에서 외국어 할 줄 아는 사람을 붙잡고, 해독하기 어려운 도시 이름을 영어로 알려달라고 부탁해 문제를 해결하곤 했다. 내가 찾은 지도가 영 믿을 만한 것이 못 되기도 했고, 또 원주민조차 아주 가까운데도 자기들의 지리를 잘 몰랐기 때문에 나는 수도 없이 길을 잃어버렸고, 결국 여행 2년차에는 작은 GPS(위성항법장치)를 마련했다. 귀신같이 정확한 이 놀라운 기계(내가 어디 있는지 20미터 이내로 알 수 있다) 덕분에 나는 경도와 위도까지 아주 정확한 항공 지도를 사용하게 되었고, 여기저기서 정보를 모으며 나름대로의 보고서를 만들 수 있었다. 나는 준비가 되면 안내자 없이 진행했다. 말을 배우기 위해서 말고는 선생님도 두지 않았다. 완전히 혼자 배워나갔으며, 해결책도 스스로 찾았다. 그들 중 어떤 것은 거의 도움이 되지 않았지만 말이다. 실수도 나를 부유하게 해줬다. 조금씩, 나는 경험 있는 도보여행자가 되어갔다.

내가 분명히 확인할 수 있었던 것은 무엇보다 이런 것이다. 아무리 반복해도 지나치지 않은 사실인데, 걷는 것은 육체적인 운동이 아니라 정신적인 운동이다. 앞으로 나아가는 데 필요한 근육 하나하나가 영양을 공급받고 단단해지고 부드러워지면, 그리고 몸이 산책을 통해 재구성되면, 몸은 애쓰지 않아도 움직여 자연이 자신에게 부여한 기능을 부드럽게 완수한다. 걷는 일에는 어떤 자격이 필요한 것도 아니다. 그래서 나를 보고 놀라는 사람을 보면 내가 오히려 더 놀란다. 하루에 20~40킬로미터를 걷는 일은, 매일 실천하고 규칙적으로 훈련해서 준비만 되면 누구나 할 수 있다. 내게 어떤 특별한 능력이 있는 게 아니란 얘기다. 하지만 그건 닭이 먼저냐 달걀이 먼저냐의 이야기와 마찬가지다. 나는 슈퍼맨이 아니다. 내가 건강하기 때문에 그 범상치 않은 거리를 갈 수 있었던 걸까? 아니면 기나긴 길을 걷다 보니까 내게 예외적인 힘과 에너지가 생겨난 걸까? 실크로드를 걷는 동안에는 그런 질문을 해보지 않았다. 나는 걷고, 그게 다였다. 그래도 비결이 하나 있긴 하다.

사실, 내가 매일 시안의 종루를 향해 다가갈 수 있었던 것은 단지 근육 덕분은 아니다. 말 그대로 나를 지탱해준 것은 나의 정신이었다. 상처와 투리스터여행자 설사에도 불구하고, 발과 옆구리에서 피가 남에도, 모든 종류의 공격을 받았음에도, 정신이 있었기에 나는 바람에 맞서, 살인적인 태양 아래 앞으로 나아갈 수 있었던 것이다. 나의 장점은 남보다 쉽게 걷는다는 데 있는 게 아니라 어떤 고집일 것이다. 정해둔 목표를 좇는 비결은 강철 같은 근육 속이 아니라 어떻게든 조금씩이라도 앞으로 나아가려는 의지와 끈질긴 노력에서 찾을 수 있다.

내 몸은 걷기 덕분에 강해진 붉은 피를 뇌에 보내 흠뻑 적시고 자극시켰으며, 은퇴하기 전 마지막 몇 년 동안 일하면서 잠들어있던 직업적인 일상을 흔들어 깨운다. 그것은 60년 만에 잠에서 깨어 스스로 튼튼해지고, 낯선 땅으로 모험을 떠나 그곳에서 기쁨을 느낀다. 매일의 훈련 덕분에 내가 느끼게 된 이 멋진 균형은 지적인 균형까지도 이끌어낸다. 나는 지나치게 보호적인 사회가 뇌리에 주입시킨 찌꺼기를 비워낸다. 다 끝났다고, '폐기처분'됐다고 스스로 생각했던 내가 이제 새롭게 태어난다. 고대의 현자가 말하듯 '건강한 신체 속에 건강한 정신'을 되찾은 것이다. 그러고 난 다음엔, 난 모든 것에 동화되고, 모든 걸 느끼고, 돌아가는 길모퉁이마다 농촌의 고귀함을 누릴 준비가 되어있었다. 꽃과 언덕과 소녀들이 더욱 아름다워 보였다. 4년 동안 해마다 한 켤레씩의 신발이 닳아 없어졌지만, 나는 흔들의자를 사용하지 않았음을 자축했다. 그 의자는 친구들이 와서 앉아 수다 떨 때나 흔들거릴 뿐이다.

실크로드에서 내 심장은 발걸음의 리듬에 맞춰 다시 뛰

기 시작했으며, 차츰 더 빨리 뛰게 되었다. 나는 하나의 길을 낸 것이다. 나는 세상을 껴안았다. 빈손으로 왔던 내게, 그 세상은 많은 것을 가져다주었다. 무엇보다 그 긴 길을 걷는 동안 얻게 된 몇몇 친구들. 놀라운 발견이었다. 우리의 자유로운 서양 사회에서, 우정은 금보다도 더 드문 어떤 것이다. 우정이라는 관계를 엮어내려면 시간과, 열린 마음과, 절대 어떠한 계산도 하지 않는 태도가 필요하다. 시간이 우리를 윽박지르는 만큼 이 모든 것을 고려하기란 정말 어려운 일이다. 길에서는 모든 것이 새롭고, 그 무엇도 바쁘지 않다. 집주인은 아무것도 묻지 않고 문을 열어주며, 다소 찢어진 눈으로 당신에게 미소 짓는다. 그는 단지 문만 연 게 아니라 자신의 마음과 찬장까지도 연 것이다. 그의 가장 사적인 질문은 이런 것이다. "당신 어디서 오는 거요?" 환대는 그저 보여주려고만 한다. 주인이 당신에게 겸손하게 하는 부탁은 자신에게서 당신의 존재를 빼앗지 말라는 것이고, 하루, 일주일, 조금만 더 오래 머물러달라는 것이다…… 순진한 그는 그런 부탁이 얼마나 엉뚱한 것인지 알지 못한다. 우직하고 가난한 그는, 시간이 돈이며 돈이 모든 것보다 우선한다는 걸 알지 못한다. 동지애와 우정만을 거래하는 그는, 지극히 현실적이며 물건값을 너무나 잘 아는 우리네 사회에선 그런 가치들이 더 이상 통하지 않는다는 걸 알지 못한다.

이 외로운 모험이 나를 가득 채웠다. 하지만 그것이 문학적인 모험에 이르지 않았더라면 그저 하나의 일화로 머물렀을 것이다. 그 문학적 모험은 놀랍게도 내 이야기를 더욱 멋지게 만들었다.

이야기하기와 나누기, 그리고 다시 시작된 삶

출판사 쪽과 인터뷰하고, 내가 아직 첫걸음도 떼지 않은 도보여행을 네 권의 책으로 써보라는 주문을 받은 후, 나는 두려웠다. 내 여행 자체가 위험 부담이 있는 것이었다. 그런데 거기에 문학적인 또 하나의 여행을 덧붙이게 되면 일이 복잡해질 것 아닌가. 게다가 예순 살의 내가 책을 쓸 수 있을까? 직장 생활을 하는 동안 말에 말을 더해서 수천 개의 기사를 작성한 바 있었다. 대부분은 짧은 원고였다. 난 주로 일상적이고 시사적인 글을 썼으며, 드물게는 심층 취재를 했던 적도 있다. 또 다큐멘터리를 연출한 경험도 있는데, 그 과정에서 시청각적이고 합성적인, 글자로 적힌 것이 아닌 '구술된' 글쓰기의 특징을 발견하기도 했다.

직장 생활의 마지막 기간 동안, 이것저것 손대보는 걸 좋아하는 나는 과감하게 몇 편의 시나리오를 썼다. 믿기지 않는 행운 덕에 첫 번째 시나리오를 TF1^{프랑스 공중파 민영방송}에서 촬영해 방송했고, 세계의 여러 방송에도 소개되었다. 하지만 그쪽 책임자의 일하는 방식에 염증을 느낀 나는 그 후 오랫동안 영상 쪽 사람을 만나지 않았다. 시청률을 최우선으로 해야 하고 시청자의 가장 소비적인 취향에 편승하면서 그들의 지성은 존중하지 않는 방식에 길들여진 방송 책임자는 그저 단추 몇 개를 눌러 내 이야기에서 내용을 지워버렸다. 〈아기 종〉은, 버려진 아이를 발견한 한 노숙자가 마지못해 그 아이를 입양한 후 부성애와 자기애를 동시에 깨닫고 마침내는 짧은 사랑의 로맨스까지 느끼게 된다는 이야기다. 그 아기 덕분에 자기 자신을 되찾을 수 있었던 그는 뒤늦게나마, 그러나 용감하게 인간으로서 해야 할 일을 배우게 된다. '전문가'들은, 이 시나리오에 중대한 결점이 있다고 내게 설명했다. '시청자'는—한 명이라도 있을지 모르겠지만—처음부터 꾀죄죄하고 알코올 중독자로 등장하는 주인공과 자신을 동일시할 수가 없다는 것이다. 나는 거의 인생의 마지막까지 간 한 인간이 부활하는 이미지를 살려보고자 타협하려고 했지만, 결국 그 이상은 거부했다. 그들은 이야기의 흐름은 그대로 가져가면서, '스크립트 닥터'—시나리오 박사, 다시 말해서 또 다른 '아는 사람', 전문가—가 마술 같은 솜씨를 부려 주인공을 젊은 은행 간부로 만들어버렸다. 제목도 '아기 종'에서 '청천벽력 같은 아기'로 바뀌었다.

내가 워낙 성질을 부린 탓에, 그들은 폴란드에서 영화 촬영을 할 때 경제적인 이유로 나를 초대하지도 않았다. '아는 사람들'의 계산은 적중했다. 1997년 전체 시청률에서 모든 방송사를 통틀어 최고였던 것이다. 나는 그 후 내 다른 시나리오들을 서랍 깊숙이 처박아두고 아직까지도 꺼내보지 않는다. 그러면서 나는 그전까지는 별로 놀랍게 생각하지 않았던 사실을 확인했다. 영화 포스터를 보면, 누가 뭐래도 이야기의 원천이라 할 작가의 이름은—아예 없을 때도 있지만—굵은 글씨로 된 배우와 감독 이름에 묻혀 맨 아래에 작게 씌어있다. 나는 아이디어 제공자 역할을 하지만 그들은 돈을 벌기 위해 그 아이디어의 좋은 면을 삭제한다. 이는 예외적이라기보다 하나의 규칙이다. 처음으로, 나도 다른 사람들과 같은 입장이 되었다.

하지만 글을 쓰고 싶다는 억제할 수 없는 욕망이 근질

거렸다. 그들이 그런 식으로 나의 노숙자를 감옥에 처박았다는 사실에 화가 났다. 나는 그 시나리오를 쓰기 전, 지하도와 지하철 안에서 사는 다양한 나이와 각기 다른 성별의 많은 노숙자들을 개인적으로 오랫동안 조사했다. 그건 우연이 아니었다. 사람들의 설명에 따르면, 지하철은 이 가련한 사람들에게는 사회에서 전락하는 가장 마지막 단계였다. 삶으로부터 공격받고, 대부분의 시간을 술로 인해 파괴된 채 지내는 그들은 구걸하기 위해 열차 안을 돌아다닌다. 그러다 기진맥진한 상태가 되고, 모두로부터 버림받은 그들은 수치심과 참담함을 감추며 대도시 안에서 진정한 '뱃속'을, 그들을 맞아주는 항구를 발견한다. 땅 밑은 낮도 밤도 아니며, 겨울엔 따뜻하고 여름엔 서늘하고, 비도 모르며 바람은 그저 몇 줄기 외풍으로나 존재한다. 무엇보다 일과 가정을 왕복하는 맹목적이고 바쁜 군중 속에 파묻혀있을 때, 그들은 역설적으로 익명성을 보장받는다. 자신의 독서와 대화와 생각 또는 꿈에 빠져, 승객은 노숙자가 내민 손을, 그들의 더러운 수염과 누더기 같은 옷을 더는 보지 않는다. 하지만 사회의 거대한 양탄자 위에 발을 들여놓기 전에는, 그 사람들에게도 부모와 어린 시절과 사랑과 행복과 아내와 어쩌면 아이들과, 그리고 분명 직업이 있었을 것이다……

그 망가진 삶에 대해 자주 생각하곤 했다. 〈아기 종〉을 쓰게 된 것은, 그 누구도 결코 버려질 수 없다는 확신으로부터 영감을 얻었기 때문이다. 어떤 비극이 그들을 이 대도시의 그릇 아래로, 감정의 사막으로 인도했을까? 나는 미국 사회에 대해 그리 온정적인 편은 아니지만, 토크빌Alexis Charles Henri Maurice Clérel de Tocqueville, 1805~1859. 《미국의 민주주의》를 쓴 프랑스의 정치학자이자 역사가이 잘 묘사했던, 불행과 불운이 닥친 이들에게 두 번째 기회를 주는 그들의 능력은 높이 평가한다. 그 불행한 사람들에 대해 깊이 생각했던 나는, 〈아기 종〉의 실패에 스스로 위안 삼을 겸해서 소설을 쓰기 시작했다. 이야기를 재밌게 만들기 위해 스스로 두 가지 제약을 두었다. 모든 이야기는 노숙자에 대한 것이어야 할 것. 지하철에서 일어나는 일일 것. 내 목표는 단순했다. 모든 실패에는, 나도 그렇고 당신도 그러하듯이 그 '전'의 삶이 있다는 걸 상상력과 허구를 통해 보여주자. 이런 차이는 있다. 그들에겐 다시 일으켜주려는 손길이 없었다는 것.

나는 2년 동안 내 상상력이 방황하도록 내버려두었다. 어떤 생각이 희미하게 떠오르면 살살 키워 쓰다듬었고, 어느 정도 무르익었다 싶으면 컴퓨터 앞에 앉아 거기에 삶을 부여했다. 나는 '저 밑의 이야기들'이라고 이름 붙인 이 이야기를 쓰면서 무한한 기쁨을 느꼈다. 소비사회의 최하층을 꾸밈없이 묘사한 뛰어난 미국 작가의 소설을 많이 읽었다. 그들의 빛나는 펜을 통해 자유로운 서양의 상처들이 드러났다. 행복은 반드시 자유 속에서 얻어진다고 무슨 격언처럼 바라지만, 사실 그것은 특별한 자유, 곧 '자유로운 새끼 꿩 속에 있는 자유로운 여우'의 자유일 뿐. 시인과 소설가라면, 정치인이 의도적으로 어둠 속에 숨기고 방치해둔 세상의 나쁜 면을 밝혀낼 의무가 있으며, 사람들이 외면하고 싶어하는 고통스럽고 곪은 종기를 적나라하게 드러낼 줄 알아야 한다.

페뷔스 출판사가 내게 제안한 네 권의 책은 또 다른 중요성을 지니고 있었다. 재밌게도, 그들은 내가 작성했던 기사나 르포 몇 개를 보내달라고 부탁했다(내가 글을 쓸 줄 아는지 확인하려는 생각이었을 것이다). 그런데 내게는 불가능한 일이었다. 작가로서의 허영이라고는 전혀 없는 나는, 내가 쓴 글을 보관해둘 생각을 전혀 안 했었기 때문이다. 가지고 있는 건 단 하나의 기사뿐이었다. 내가 논설위원과 정치국장으로 있던 〈전투〉지의 마지막 호 첫 페이지.

첫 번째 여행에서 돌아와 책을 쓰려고 탁자에 앉았을 때, 또 다른 문제가 생겼다. 어떤 이는 과도한 소심증이라고 생각할지 모르겠지만, 지금까지 직업 생활을 해오면서 나는 '나'라는 인칭대명사를 딱 한 번 써보았다. 당시 일하던 〈르 마탱〉에 내가 참가했던 파리 마라톤 대회 이야기를 쓸 때였다. 내가 하는 일에 있어서, 기자는 목격자며 그림 안에 들어가있지 않다. 서기書記처럼 차가워 보이고 싶지 않을 때, 난 '우리'라는 표현을 쓰는 걸 더 좋아했다. 나는 항상 펜과 마이크와 카메라 뒤에서 일했다. 기사에 내 이름을 서명하는 건 내가 어떤 인물이나 기관을 문제 삼았을 때, 그들도 누구로부터 비판이 나왔는지 알아야 한다고 생각했기 때문이다. 그 외의 부분에서는 언제나 조심스럽게 작업했다. 유명세를 타기 위해 정보 세계에서, 특히 TV 판에서 서로를 물어뜯는 싸움에 끼어드는 걸 거부했던 것이다. 내가 제안했던 프로그램이 편성되는 걸 거절했던 적도 있다. 내가 진행자가 되어야 한다는 조건이었기 때문이다.

이런 정신 상태로 여행기를 쓴다는 건 쉽지 않은 일이었다. 보름 동안, 해결책을 찾지 못한 채 흰 종이 주위를 맴돌았다. 고독한 여행에 대해 이야기하면서 '사람들', '그' 혹은 '우리'라고 쓴다는 게 우스꽝스럽고 거짓된 것 같았다. 그래서 결국 일인칭을 쓰기로 결심했다. 그 후에도 또 다른 질문이 슬그머니 일었다. 모든 걸 다 말해야 할까? 여행기를 쓴다는 건 물론 풍경과 건물을 보여주고, 역사를 이야기 하고, 사람들 얼굴과 벽에 씌어진 이야기들을 들려주는 것이다. 하지만 모험에는 나쁜 측면도 있다. 도둑질 당하고, 병에 걸리거나 웃음거리가 되는 건 그리 영예로운 일이 아니다. 내가 걸으면서 떠올렸던 생각 중 무엇이 독자의 관심을 끌 것인가? 게다가 독자는 누구인가? 그냥 모르는 사람이라면, 좋다, 익명성이 나를 어느 정도 보호해줄 것이다. 하지만 친구들이 만일 글을 읽게 된다면? 그들이나 혹은 가까운 친지에게, 내 은밀한 속을 드러내 보이는 일련의 생각과 사건을 밝힐 수 있을 것인가? 누군가에 의해 심판 받는다는 두려움은, 첫 시나리오를 쓰기 전에도 내 표현 욕구에 제동을 거는 가장 큰 요인이었다. 나의 펜이 들려주게 될 가끔은 이상한 상황을 통해 주위 사람들이 내가 차마 고백하지 못했던 생각을 눈치채게 될까봐 두려웠다.

나의 실크로드를 들려주기 위해 펜을 잡은 이상, 내 자신에게 좋은 역할을 부여해야 하지 않을까? 그래도 난 영웅이 아니었던가? 그런데 아니었다. 여행 첫해에 테헤란에 들어가려는 시도가, 35킬로미터를 남긴 국경에서 내가 쓰러져버림으로써 실패했으니 말이다. 들것에 실려 초라하게 귀국한 나는, 용감하고 강한 불멸의 모험가 이미지하고는 잘 어울리지 않았다. 그로 인해 나의 오디세이는 하찮은 실패로 축소되고 말았다. 그런 얘기를 해야 할까? 사실은 내가 예외적인 사람이 아니었다고 고백하는 걸 받아들여야 할까? 하지만 그렇게 된다면, 아마도 나의 모습을 통해 바로 그런 영웅을 꿈꾸고자 했던 독자는 무슨 흥미를 느낄 것인가? 이 모든 게 가치 있는 일일까? 내가 준비하기 시작한 여행의 두 번째 단계도 첫 번째만큼이나 파란만장한 것이라면, 아마도 나는 몸이 조각난 채 돌아오게 될지도 모른다. 그렇다면 이게 다 무슨 소용인가? 이런 질문에 괴로워하며, 책상 위 백지더미 옆에 있는 펜을 잉크 한 방울 묻히지 않은 채 두 주 동안 그저 바라보고만 있었다. 하지만 나는 의무의 인간이다. 일 년에 한 권씩 책을 쓰겠다는 계약을 맺었으니, 그것을 지켜야만 한다.

나는 나의 도보여행을 이야기하기 위해 문학적인 모험 속에 몸을 던졌다. 첫 단어를 쓰자마자 모든 스트레스가 사라져버렸다. 무엇을 말할 것인가? 전부! 크고 작았던 나의 행복과 불행, 오래된 대상 숙소로부터 느끼는 감동, 가련한 설사병과 아픈 발, 정교한 첨탑, 광활한 사막, 매일 쌓여가던 때, 녹초가 됐던 날, 어떤 저녁, 그리고 마을사람과의 우정. 하지만 글을 쓰다보니 어려움도 있었다. 내가 가져온

산더미 같은 노트 가운데 어떤 것을 선택할 것인가? 어떤 기억이 동시대인의 관심을 더욱 불러일으킬 수 있을까? 나는 내가 이야기하는 것들이 평범하고 별로 두드러지지 않는다는 확신을 가지고 있었다. 결국 자신에 대한 믿음이 부족했던 것이다. 그것이 글에도 드러났다. 이미 과거의 영역 속에 들어간 여행을 다시 떠올려서 책을 만드는 일에 집중하고 몰두하기란 어려웠다. 내게 중요했던 것은 그 이후, 즉 더 이상 기다릴 수 없는 다음 단계였던 것이다.

《나는 걷는다》 1권이 출판되면서 내 여행은 달라졌으며 내 삶에도 제법 엄청난 변화가 있었다. 글을 통해 내 여행 이야기를 하고 나서, 나는 몇 백 권만 팔려도 만족스러울 것 같았다. 그 독자 덕분에 조금 우쭐할 테고, 내가 여전히 평범하다고 생각하는 이 여행의 감동을 그들과 함께 나눌 수 있을 테니 말이다. 그런데 그 책에 대한 반응은 내겐 놀라움을 넘어선 하나의 충격이었다.

갑자기 나에 대한 찬사가 쏟아졌으며, 가장 영향력 있는 중앙지들은 몇 페이지에 걸쳐 나의 오디세이를 소개했고 라디오와 텔레비전의 안테나들이 나를 찾아다녔다. 첫 번째 서평—그것만으로도 나는 충분히 행복했을 것이다—이 〈목요 사건〉프랑스의 시사 주간지에 실렸다. 훗날 영광스럽게도 친구로 지내게 된 카르펜트라의 서점상 프랑수아 바스쿠가 내 책에 대해 '박스' 기사를 썼는데(편집부에서 자리 문제로 인색하게 굴어서 2분의 1단으로 기사가 났다), 최고로 좋은 말만 해줬다. 〈르몽드〉의 '책들의 세계' 판에서 피에르 르파프는 내 책에 대해 반 페이지에 걸쳐 열광적인 찬사를 보냈고, 나는 그게 정말 보잘것없는 내 작품에 대한 얘긴지 확인해보려고 두 번이나 읽었다. 나는 나를 기쁘게 하면서 동시에 흔들어놓는 회오리바람 속에 휩싸인 것 같았다.

같은 기간, 나는 인생에서 정말 중요한 일에 몰두하고 있었다. 2000년 5월, 나는 이웃 도시의 군청에다 후에 다시 언급하게 될 '문턱' 조직의 정관定款을 제출했다. 이런 과도한 활동이 나를 행복으로 가득 채웠다. 내가 그토록 두려워했던 '은퇴'가 이젠 얼마나 멀게 느껴지는지!

이미 말했듯이, 기자로서의 나는 항상 최대한 중립적인 위치에 머물고자 했다. 그런데 이제 그림이 뒤집혔다. 내가 바로 그 '대상'이 된 것이다. 그렇게 바쁘게 돌아가던 나날 동안, 비록 보잘것없고 제한된 것이긴 하더라도 유명세라는 게 얼마나 한 사람을 (보리스 비앙이 얘기하듯) '뒤집어놓는' 것인지 실감할 수 있었다. 사람들이 당신을 바라보던 시선이 갑자기 바뀌게 된다. 당신은 이제 더 이상 당신 자신이 아니라 사람들이 당신에 대해 만들어놓은 이미지가 된다. 소극적이고 되도록 나서지 않는 사람이었던 내가, 찬양의 바다 속에서 허우적거린다. 당신들이 얘기하는 사람이 정말 나인가? 내가 영웅이란 말인가? 원래 내 직업이 그러했듯 질문을 던지는 대신, 나는 이제 거기에 대답해야 했다. 마치 내가 북쪽 사면을 통해 에베레스트에 오르기라도 한 것처럼, 사람들은 감탄하고, 축하하고, 찬사를 보낸다. 아주 다행스럽게도, 내 나이와 경험, 그리고 부모님으로부터 물려받은 선한 농부의 천성 덕분에 나는 그것들로부터 보호받을 수 있었다. 이 모든 걸 어느 정도 아이러니하게, 거리를 두고 생각할 수 있도록 만들어주었기 때문이다. 질베르라는 한 친구가, 내가 처음으로 맛본 유명세에 대해 재밌어하며 이런 농담을 했다. "이런 일이 자네가 서른 살 때 일어나지 않은 게 천만다행이야. 그랬더라면 자넨 잔뜩 거만해졌을 테고, 아무도 자넬 만나려고 하지 않았을 텐데 말이지."

머나먼 중국까지 말을 타고 떠났던, 이제 내가 그 흔적을 뒤쫓으려고 하는 마르코 폴로 선생에게 지나는 길에 인사나 하려고 베네치아로 가는 기차를 탔을 때, 나도 그만큼 멀리 갈 수 있으리라고는 감히 상상도 하지 못했다. 뒤늦게 작가가 된 나는, 그런 성공을 예상하지도, 또 구하려 하지도 않았다. 한 권의 책이 성공을 거두는 데 언론의 역할은 어느 정도일까? 기자는 소개하고 결정은 독자가 한다. 내 책의 독자는 내 이야기를 좋아했을 뿐 아니라 다른 이에게 선전해주기까지 했다. 참으로 많은 사람이 내 책을 한 권, 혹은 몇 권씩 선물 받았다고 내게 말해주었다. 나의 불가지론을 아주 재밌게 생각한 당시의 어떤 신부는, 《나는 걷는다》 1권을 열일곱 명에게 선물했다고 내게 고백했다. 벨기에의 어떤 서점 주인이 편지로 알려주길, 손님 한 명이 1권을 사러 쉰네 번이나 왔다고 했다. 그는 그 책을 주위 사람에게 선물하면서 자신의 열정을 함께 나누고자 했다는 것이다. 《나는 걷는다》의 첫 줄을 썼을 때, 나 자신이 일종의 선물—그것도 크리스마스 선물로만 그치지 않는—이 될 거라고, 과연 상상이나 할 수 있었을까? 허영심이 생기는 대신, 내가 행복을 주고 또 그걸 나눌 수 있다는 기쁨을 느낀다.

이런 문학적 모험을 통해서, 나는 이스탄불에서 시안까지 가는 동안 수천 명의 아시아 사람을 만나면서 맺었던 것과 같은 따뜻하고 감동적인 관계를 독자들과 맺게 되었다. 책이 나오고 얼마 지나지 않아서부터 나는 수십 통의, 그 후엔 수백 통의 편지를 받았으며, 이제는 세는 것조차 단념해버렸다. 《나는 걷는다》 1권이 출간되고 거의 십 년이 지난 지금 편지 물결의 속도는 줄었지만 끊이진 않는다. 언론이 나를 조금 우쭐하게 만들었다면, 독자의 편지는 내 마음 가장 깊은 곳에 와 닿는다. 75세의 한 남자는 열렬한 독서광이지만 작가에게 편지 쓸 생각은 한 번도 하지 않았었다고 고백했다. 책 속에 빠져 300페이지 동안 내 곁에서 함께 '걸은' 후, 그는 자신의 행복을 내게 표현하고 싶은 마음을 억누를 수 없었다고 했다. 나를 보러 툴루즈까지 와서 고맙다는 인사를 해준 35세의 나무꾼도 있다. 그는 책을 읽는 게 좀 힘들어서 어떤 책도 끝까지 읽어본 적이 없었다. 그런데 그가 말하길, 처음으로 《나는 걷는다》 1권을 즐겁게 끝까지 읽었으며 2권도 읽기 시작했다는 것이다. 내가 좀 더 용기가 있었으면 그를 포옹했으리라. 자크 디옹은 라발의 도서관에서 시각장애인을 위해 내 책을 녹음한 자원봉사자인데, 눈이 안 보이는 어떤 부인이 이 책을 듣고 난 후 몸소 만져보고 느껴보기 위해 서점에서 책을 샀다는 이야기를 해주었다. 나는 감동해서 눈물을 흘렸다.

　나의 이야기는 내가 깨닫지 못했던 어떤 미덕을 지니고 있었다. 그것은 읽는 사람에게 에너지를 준다. 어떤 이는 우울한 병원의 침대에서 내 책을 읽었다고 편지를 보내왔다. 그들 얘기론 내 이야기를 따라가다가 어떤 열정을 발견했고, 그래서 자신의 병이 나은 것은 어느 정도 내 덕분이라고까지 했다. 이런 다정한 말을 듣다보면, 정말 몸 둘 바를 모를 정도였다. 과분한 친절에 적잖이 당황한 나는 그저 웃으며, 농담처럼 답장을 보낸다. "네, 사실, 제가 기적을 일으켰습니다. 예전에 왕들이 그랬던 것처럼, 저도 병자를 만진 다음 성인^{聖人}에 오르길 기다리고 있죠." 하지만 이 사랑스럽고 명랑하고 따뜻하고 잘 다듬어진 편지들이 나를 얼마나 감동시키는지는, 말로 다 표현할 수 없을 정도다. 모두 내게 이렇게 말하고 있다. 나의 이야기를 통해 그들도 어느 정도 나와 함께 여행을 했으며, 내가 내딛는 걸음마다 그들이 함께하는 것 같은 느낌을 받았다고.

나는 네 권의 책을 쓰기 위해 길을 떠났다. 2000년에 출간된 1권은 성공을 거두었다. 다음 해에 나온 2권은 그 이상이었다. 그 두 권이 한동안 베스트셀러 목록에 포함되었다는 사실에 나는 멍한 기분이었다. 하지만 1권에 대해 칭찬을 아끼지 않던 언론은 2권에 대해서는 별 말이 없었다. 난 그게 당연하다고 생각한다. 새 책들에게 자리를 내줘야 하니까. 그다음 해에는 책을 출간하지 않았다. 장-피에르 시크르 사장이 내게 말했었다. "우리가 계약을 했다고 해서 그것 때문에 위험을 무릅쓰고 끝을 보려고 하지는 말게. 자네가 원할 때 그만둬도 괜찮으니까."

2001년, '문턱' 단체는 나의 바쁜 은퇴 생활에서 가장 중요한 일이 되었다. 그리고 선택해야만 했다. 3권을 쓸 것인가, 단체에 신경을 쓸 것인가. 두 활동이 서로 너무 많이 부딪쳤기 때문이었다. 나는 망설이지 않고 '문턱' 일을 우선시할 것을, 그리고 세 번째 여행 후 바로 책을 내지 않기로 결정했다. 결과는 흥미로웠다. 독자들이 내 건강에 대해 문의하며 서점 주인을 귀찮게 굴기 시작한 것이다. 하긴 첫 번째 도보여행에서 내가 워낙 힘든 상태로 돌아왔으니, 그들의 걱정은 근거 없는 것이 아니었다. 어느 날 페뷔스 출판사에 갔다가, 전화 받는 아가씨가 재밌는 대화 하는 걸 들은 적이 있다.

"아뇨, 부인, 올해엔 《나는 걷는다》 후속편이 출간되지 않습니다…… 네, 어쩌면 내년에…… 아뇨, 아뇨! 안심하세요, 그분 안 죽었어요!"

1권이 나오고 얼마 되지 않아서, 많은 서점과 독서 모임, 단체, 매스미디어 자료관 등에서 방문해달라고, 그래서 서로 경험을 나누자고 요청해왔다. 이미 언급했듯 의무의 인간인 나는, 그 열정적인 길 위에서 외롭고 가련한 도보여행자와 동행하는 영광을 베풀어준 고마운 사람들을 물리칠 수가 없었다. 그래서 나는 일정이 허락하는 한 기꺼이 승낙했지만, 얼마 되지 않아서 그 일은 점점 어려워졌다. 우편물에 답장을 하느라 일주일에 몇 시간을 할애하다 보니, 내게 남은 시간이 그리 많지가 않았다. 나는 차츰 우정의 말이 담긴 편지들을 큰 상자 안에 담아두기 시작했으며, 내가 늙고 '은퇴'할 때가 되면 즐거운 마음으로 넘쳐나는 그 편지들을 다시 읽어보리라 다짐했다.

그 편지들은 육체적인 쾌거에 대해서는 거의 언급하지 않는다. 나도 그 점이 기쁘다. 일종의 대형 보고서처럼 인식된 나의 이야기는, 자신도 그런 여행을 할 수 있다는 환상을 사람들에게 심어주었다. 또 어떤 사람은 '움직이지 않는 여행'이라고, 소파에서 아무 위험 없이 읽을 수 있는 서사시를 선사해준 내게 고마움을 표현한다. 하지만 모든 사람이 나를 위해 마음을 졸였다. 나에 대한 배려일까? 조심성이 지나쳐서일까? 내 나이를 언급하는 사람들은 거의 없다. 사람들을 만나보면, 내게 편지 보내는 일이 드문 남자들은 대체로 축하의 말을 한다. 여자들과는 대조적으로, 그들은 '대단한 일'이라는 측면을 부각하고자 한다. 작은 선물을 보내오는 사람도 있는데, 성탄 인형이나 조각상, 그림 같이 예상치 못한 것도 있다. 어느 사인회에서는 한 젊은 친구가 '중앙아시아의 어느 마을을 떠나는 베르나르 올리비에'라는 제목의 수채화를 건네주었다. 터번을 쓴 남자들과 긴 치마에 얼굴을 가린 여자들이, 배낭을 등에 메고 사막을 향해 멀어져가는 한 도보여행자에게 작별 인사를 하는 그림이었다. 그 화가는 수줍게 자신의 작품을 전하고는 가버렸다. 서명이 없었기에 나는 그의 이름조차 알지 못한다. 하지만 언젠가 다시 만나게 될 것이다.

작은 그룹이건 군중이건—나를 왕자처럼 맞아준 보르도 개방대학의 학생 500여 명처럼—사람들을 만나는 것은 기쁜 일이다. 몇 년 전 콤포스텔라로 떠날 무렵, 나는 스스로 '폐기처분' 됐다고 생각했다. 그런데 이제 나는 수천 명의 사람에게 기쁨을 주고, 그들은 내게 고마워한다. 크고 작은 도시의 영화관이 나 때문에 가득 차기도 한다. 그러니 나는 이 땅에서 아직 쓸모가 있는 걸까?

새삼 강조할 필요도 없는 얘기지만, 2권을 쓰기 시작할 무렵 펜을 잡은 손이 천근만근 무겁게 느껴졌다. 혹시 내가 사람들을 실망시키지는 않을까? 훌륭한 문학상을 수상한 다음 다시 책을 쓸 때 근심에 빠지게 된 작가들이 떠올랐다. 내 경우는 분명 그리 어려운 것은 아니었다. 《나는 걷는다》 1권의 성공으로, 나는 일 년 전에 감수해야 했던 어려운 상황에도 불구하고 터키-이란 국경 근처의 두 번째 단계를 향해 다시 길을 떠날 수 있었다.

　내 글에 대한 반응 덕분에 나는 몇 개의 문학상까지도 받을 수 있었다. 가장 감격스러웠던 것은 아마도 르네 카이에 상일 텐데, 그는 전설의 통북투에 들어간 첫 번째 유럽인으로 기록된 프랑스 여행가였다. 그 상은 여행가가 태어난 도시 모제-쉬르-르-미뇽에서 시민과 시가 주최한 축제기간 중에 수여되었다. 저작권협회SCAM의 저명한 심사위원회는 나를 조제프 케셀 상의 수상자로 결정하기도 했다. 디종의 모험영화 페스티벌에서도 내게 상을 주었는데, 영광스럽게도 카트린 드뇌브와 장-루 크레티앙이라는 두 스타와 더불어 내가 '와인 잔의 기사'로 선정되었다. 행사는 클로-부조의 거대한 창고에서 진행되었는데, 붉은 포도 재배자 합창단의 노래가 흘러나오는 가운데 의복을 갖춰 입은 1000여 명의 일본인과 미국인이 그 모습을 지켜보았다. 이런 존중의 표시에 조금씩 감동도 받고 재미도 느끼긴 했지만, 나는 '거만 떨지' 않으려고 최대한 노르망디의 오두막집에서 숨어 지냈다. 그곳에서의 고독은, 그런 모든 사교계

행사보다도 내게 더 어울리는 겸손함을 되찾게 해주었다. 내 자신에 충실하고자 노력했지만, 다른 사람 눈에는 어쩔 수 없이 내가 다르게 보였을 것이다. 내가 독자와의 만남 자리에 얘기하러 가면, 사람들이 기다리는 건 내가 지키고자 하는 평범한 은퇴자 베르나르 올리비에가 아니라 아시아 여행의 후광으로 빛나는 영웅의 모습이었다. 나는 그런 식의 우상화로부터 나 자신을 최대한 보호하고자 했다. 두 다리만 있으면 특별한 믿음 없이도 누구나 그런 여행을 완수할 수 있다는 걸 확인했기에, 그런 대접이 불편했기 때문이다. 하지만 어쩔 도리가 없었다. 그들이 씌워준 왕관이 이미 나의 대머리에 붙어 떨어지지가 않았다. 그래도 나는 로맹 롤랑Romain Rolland, 1866~1944. 프랑스의 소설가이 내린 정의에 동의한다. "영웅은 자기가 할 수 있는 일을 한 사람이다. 다른 사람들은 그걸 하지 않는다." 나의 길 위에서 나는 내가 할 수 있었던 것을 했을 뿐이다. 무엇보다 아무 계산도 기대도 하지 않고 나 자신을 위해서 한 일이었다. 그 경험을 나눌 수 있었던 건 다행스러운 일이다. 나 자신을 지킬 수 있었던 건 아마도 그 때문인 것 같다. 그러지 않고 평온한 은퇴 생활 속에 빠져들었더라면 나는 다른 사람이 되었을 것이다. 내가 깨버리려고 애쓰는 그 영웅의 이미지는, 여행을 꿈꾸면서도 대부분의 경우 자신의 영역을 떠날 수 없음을, 그래서 결코 길을 떠나지 못하리라는 걸 잘 아는 사람에게 더 어울린다. 의도한 것은 아니었지만, 나는 표현할 방법을 찾지 못하던 여행의 욕구를 일깨우는 데 이바지한 셈이다. 어떤 이는 주저 없이 내 여행에 동참하고자 한다. 학생들과의 만남이 끝난 후, 어떤 매력적인 아가씨가 나를 보러 와서는 다짜고짜 말했다.

"선생님이랑 같이 떠날래요."

"아가씨, 그건 아주 어려운 일이랍니다. 준비가 되어있어야 하고, 단단히 결심을 해야 하죠."

"저 준비됐어요."

"아가씨한테는 미안한 말이지만, 난 혼자 걷는 걸 고집하는 사람이라서……"

"제가 눈에도 안 띄게 조심스럽게 다닐게요."

"미안합니다. 그건 불가능해요. 그리고……"

"제가 요리도 해드릴게요."

"소용없어요. 난 혼자가 좋으니까."

"하지만……"

"제발 고집부리지 말아요, 불가능한 일이니까. 예를 들어서 말이죠, 여행을 하다보면 상황이 어떻게 될지 모르니까 우리가 같이 자는 일이 생길 수도 있어요. 그런데 아가씨가 이렇게 예쁘니……"

"전 괜찮아요!"

이 즉흥적인 제안에 저항하기 위해 나도 엄청나게 애를 써야 했다. 어떤 사람은 내 여행을 좀 더 유머러스하게 받아들이기도 했다. 한 계절을 걸을 때마다 12킬로가 빠진다고 얘기하면, 몸무게에 문제가 있는 어떤 부인이 이렇게 외치는 일도 드물지 않게 있었다. "나도 당신이랑 같이 떠날래요!"

사방에서 요청이 들어와 참석했던 강연회를 제외하고도, 나는 축제나 문학 살롱을 통해 많은 사람을 만났다. 그들은 기쁜 마음으로 내게 자신의 여행 이야기를 들려주면서도 꼭 이렇게 못을 박곤 했다. "물론 선생님의 여행 같지야 않죠." 다시 또 내게 영광을 돌린다. 사람들은 내가 책에 사진을 싣지 않았다고 자주 나무라곤 한다. 모험을 다룬 책에 사진을 실으면 이야기에 신빙성을 부여하긴 하겠지만, 내가 보기에 그건 그리 좋은 생각이 아니다. 책이란 내게 두 사람의 만남이며, 그 둘은 각자 똑같이 책에 기여한다. 작가는 자기가 본 것을 정확히 묘사하거나 자기의 감정을 언급함으로써 독자의 머릿속에 이미지가 떠오르게 한다.

한편 독자는, 이런저런 이미지를 유지하고, 자기 것으로 만들고, 꾸밀 수 있게 해주는 상상력을 지니고 있다. 소설이건 여행기이건, 독자는 이야기 속으로 혼자 들어간다. 그리고 작가와 독자가 만남으로써 생기는 이러한 마술이 단 하나뿐인 유일한 작품을 태어나게 한다. 사람들은 서로 같은 책을 읽는 것이 아니기 때문이다. 각각의 독자는 '자신의' 이야기를 다시 만들어낸다. 책 속의 단어들은 같지만, 이미지와 감정은 서로 다르다. 그 점을 깊이 생각했기 때문에, 나는 사진이 곁들여진 이야기를 좋아하지 않는다. 나도 남들 하는 것처럼 《나는 걷는다》 1권에 사진을 넣으려는 생각을 잠시 하긴 했었다. 진부함이 지닌 현실성과 확실성이 모든 사람을 같은 차원으로 인도할 수는 있을지도 모른다. 하지만 내가 책에서 묘사한 사람들의 선함과, 환대의 정신과, 서로 공유하고자 하는 의지와, 거리낌 없이 주었던 우정은 사진으로 찍을 수 없는 것이며, 그걸 무표정한 사진으로 담아내는 행위 자체가 그 따뜻한 사람들을 배신하는 일이 될 수밖에 없다. 이야기는 꿈을 꾸기 위한 공간이다. 사진을 꼭 찍어야 한다면, 그러면서도 균형을 유지하려면, 이 특별한 만남의 분위기를 창조적인 작업을 통해 살려낼 수 있는 사진가와 내가 같이 걸어다녀야 한다. 내겐 그런 능력이 없기 때문이다. 내가 찍은 수천 장의 사진은 단지 나의 나쁜 기억력을 보완해주는, 돌아왔을 때 내가 정확히 떠올리지 못할 얼굴과 풍경을 종이 위에 고정시키기 위한 것일 뿐이다. 그런 이유로 《나는 걷는다》의 사진 수록을 완강히 거부하면서 버텼다. 하지만 그런 요구를 무시할 수는 없었다. 이 책이 큰 성공을 거둔 건, 결국 내 이야기만큼이나 독자 덕도 있었기 때문이다.

2005년 나는 결국 흔들리고 말았다. 어느 축제에서 《말레포스의 길》이라는 만화로 유명해진 재능 있는 삽화가 프랑수아 데르모를 만났다. 그는 내게 콤포스텔라 대로에 대한 '정보'를 달라고 부탁했다. 여자 친구인 나탈리와 언젠가 그곳에 가보는 것이 꿈이라고 했다. 우리는 얘기를 나누다가 서로 마음이 통했다. 내가 시안에 도착했을 때, 다시 비행기를 타기 전까지 얼마간의 시간이 있었던 나는 프랑수아를 비롯한 몇몇 친구에게 우편엽서를 보냈다. 나는 그에게 결국 르퓌-앙-벨레에서 산티아고까지 걸어서 다녀왔냐고 물었다. 그는 대답 대신 내게 수채화가 담긴 그림책을 보내왔다. 나는 그 책에서 내가 익히 잘 알고 있는 길에 대한 이야기와 더불어 너무나 훌륭한 그림을 발견했고, 당장 마음먹었다. 어느 날 나는 뻔한 핑계를 대고 프랑수아와 나탈리의 집을 방문했다. 그들은 여행을 다녀온 후 부부가 되었다. 로슈포르에 있는 그들 집 앞에서 저녁을 먹었는데, 후식이 나올 무렵 말을 던져보았다.

"독자들이 요구한 영상집을 만들러 실크로드에 다시 갈 생각이네. 같이 해보자고 하면 자넨 할 건가?"

"물론이지. 하지만 나한테 자료를 많이 보내줘야 할 거야. 난 그 지역에 대해선 전혀 모르니까."

"자네한텐 아무것도 보내줄 수가 없어. 자네도 나랑 같이 가는 거야!"

나탈리는 출산을 앞두고 있었다. 프랑수아가 아이 엄마와 아이의 건강을 확인한 후 내게 대답을 주겠다고 한 건 당연한 일이었다. 그리고 몇 주 후, 나는 잔의 탄생과 프랑수아의 승낙을 알리는 재밌는 초대장을 받았다.

유쾌한 여행이었다. 무엇보다, 전에 나를 맞아주었던 몇몇 친구와의 재회는 나를 정말 행복하게 했다. 우리는 9주 동안 실크로드를 다시 따라갔는데, 이번에는 어딜 가든 기사와 통역이 딸린 자동차를 타고 움직였다. 거의 부자들의 여행이었다. 내 친구의 능력에 깜짝 놀랐으며, 계속 좋은 기분을 유지하는 그의 모습에 매료되었다. 자신의 작업대 앞을 거의 떠나본 적이 없었던 그가, 길을 가며 적잖이 생기는 불쾌한 일을 즐겁게 참아내는 여행자의 모습을 보여주었기 때문이다. 그의 유머는 길에서 만나는 모든 여자를 사로잡았으며, 하마터면 나는 질투가 날 뻔했다. 이 새로운 모험의 결과로 얻어진 것이 프랑수아가 그린 200여 점의 수채화가 담긴, 《베르나르 올리비에 여행》원제는 '대장정 수첩Carnets d'une Longue marche'이다이라는 제목의 아름다운 삽화집이다.

시안까지 나를 이끈 아시아에서의 모험과 긴 여정, 그리고 프랑수아와 함께 실크로드의 친구들 곁으로 돌아온 여행, 이 모든 걸 마친 후 내 문학적 모험은 말 그대로 더욱 풍성해졌다. 수십만 권의 책이 팔렸으며 여러 언어로 번역도 되었고, 나는 작은 부富를 누릴 수 있게 되었다. 하지만 그로 인해 내가 은퇴 생활의 진정한 모험을 하게 되지 않았더라면, 그런 모든 선물은 내게 큰 의미가 없었을 것이다. 바로 '문턱'의 탄생이었다.

2000년 5월, 나의 원대한 은퇴 계획은 좋은 징조를 보이며 진행되고 있었다. 이제야 마침내 나는 사회가 내게 주었던 것을 다시 되돌려줄 준비가 되었다. 나는 이 거대한 작품에 필요한 카드를 모두 손에 쥐고 있다고 확신했다. 나의 첫 번째 장점은 걷기로부터 얻은 '탄성에너지' 효과를 개인적으로 오래전부터 경험해왔다는 것이다. 걷는 데 필요한 노력과 그것이 몸과 정신에 미치는 결과를 통해, 방황하는 젊은이들은 새로운 희망을 가질 수 있을 것이다. 콤포스텔라 모험과 그 후의 아시아 여행은, 사회보장제도에 의해 '청산'되고 '은퇴'당해 실의에 빠져있던 나를 다시 살아나게 해주지 않았던가? 걷기 위해 떠난다는 것, 이는 자기 자신에게 손을 내미는 일이다. 더 이상 그 누구도 당신을 도우러 오지 않거나 올 수 없을 때 자신의 가장 깊은 곳으로 힘과 용기를 찾아 떠나는 것이다.

두 번째 장점도 무시 못 할 것이다. 수만 명의 독자들이 내 책에 보여준 관심 덕분에 생긴 저작권 수입은 자연스럽게 재정의 원천이 되었다. 대기업이나 기관에 찾아다니며 손을 내미느라 좋은 의도와 에너지를 소모시켜버리는 사람을, 너무나 많이 봐왔다. 그런 곳은 각 부서마다 요구 사항이 있는 관계로 까다롭게 굴기 일쑤다. 기부자가 자기의 수표를 던져주기 위해 내건 조건은 당연히 그들의 이익과 부합되는 것들이다. 마침내 돈이 들어오게 되더라도, 애초에 생각했던 계획은 또 다른 이해관계 때문에 어쩔 수 없이 본래 성격을 잃어버리고, 서서히 물이 스며들어 가라앉아버리고 만다. 인세 덕분에, 나는 실크로드에서 느꼈던 '전진하는 자유'를 되찾을 수 있었다.

40년 동안 직장 생활을 하면서 열심히 일하고 저축한 덕분에, 서서히 먹고사는 문제로부터 안전한 상황에 놓이게 되었다. 내가 아이들에게 해준 가장 소중한 선물은, 자신들이 바라는 공부를 시켜줄 수 있었다는 것이다. 뜻밖에 내게 두툼한 액수를 안겨준 시나리오 〈청천벽력 같은 아기〉 덕분에, 두 아들이 각각 파리의 작은 아파트를 사는 데 도움을 줄 수 있었다. 뒷날 거기에 컴퓨터와 프린터까지 얹어주었다. 그러곤 아이들에게 말해두었다. 몸을 피할 지붕도 있고, 일을 하는 데 필요한 지식과 도구도 있으니, 더 이상 나한테 뭔가를 기대하지 말라고. 아이들이 내 재산을 물려받으려면, 내가 아무 짐도 없이 가는 그 마지막 여행을 떠나는 날까지 기다려야 할 것이다. 결국 나는 자유롭게, 저작권 수입—유별나게 욕심 많은 세무 관리가 내게 남겨준 것—의 일부를 문턱 프로젝트에 기부하게 되었다. 하지만 행동으로 옮기기 전에, 벨기에에서 그 제도가 어떤 식으로 실행되었는지에 대해 정확하게 배우고 알아야만 했다.

1999년 콤포스텔라에서 돌아오자마자, 나는 산티아고 길에서 쫓아가다가 결국 놓쳐버린 그 젊은 친구들을 도보

행군으로 이끈 단체 찾기에 착수했다. 걷는 사람끼리는 어떤 우정의 끈 같은 걸로 연결되어있어서 여정이 끝난 후에도 관계가 지속된다. 순례자들은 서로 자주 연락하고, 콤포스텔라를 걸었던 사람은 스페인판 '긴급 연락망'이라고 할 수 있는 '라디오 카미노' 얘기를 빼놓지 않는다. 나는 길에서 만난 사람들에게 문의해보았다. 모든 사람이 그들을 봤거나 그 조직에 대한 얘기를 들어봤다고 했다. 문제를 해결해준 사람은, 걷기라면 정말 과격할 정도로 열정적인 모니크였다. "브루게Brugge에 있는 벨기에 친구 릭이랑 오랫동안 얘기해봤어요. 자기 아들이 그 젊은 '죄수들'과 동행했었다는군요. 그 사람이 우릴 안내해줄 거예요."

같은 해 12월, 우리는 모니크의 차를 타고 아름다운 도시 브루게를 향해 떠났다. 릭은 우리를 극진하게 맞아주었다. 계속 추적을 해나가던 우리는 플랑드르 벨기에의 작은 마을 틸돈크Tildonk에 이르렀다. 오이코텐 협회의 책임자는 우리에게 그들의 역사와 수행 방식과 그 결과에 대해 긴 시간 동안 설명해주었다. 부모님 중 한 분이 프랑스인이라 프랑스어를 놀랍게 잘하는 디미트리는 성공도, 실패도 숨기지 않았다. 공권력과 판사와 교육자, 그리고 개혁적인 감옥 간수로부터 효과적인 지원을 받는 전문가가 우리 앞에 있었다. 그들은 이런 가정으로부터 출발했다. 낡은 방식으로 좋은 결과를 얻을 수 없는 게 분명하다면, 다른 방식을 실험한다고 해서 무슨 위험이 있을 것인가? 그리스어 '오이코텐Oïkoten'이 지닌 이중의 의미는 그들의 방식을 완벽하게 요약해준다. 그것은 '집과 관련된' 그리고 '스스로 자신의 방법으로'라는 뜻이다. 그들의 방식은 결국 젊은이를 범죄적 환경으로부터 벗어나게 해주는 것, 그리고 이 치료에서는 오직 그들 자신이 유일하고 진정한 행위자임을 일깨워주는 것이다. 정말 그것이 문제이기 때문이다. 그들을 자율적으로 만드는 일이 어렵다. 마치 알코올 중독자에게, 누군가 술잔을 권하면 "아니오"라고 말하라고 가르쳐야 하는 것과 같다. 오이코텐은 엄청난 원칙을 세워놓은 것은 아니다. 방문할 장소를 자유롭게 선택할 수 있다. 발트 해의 국가들, 이탈리아, 프랑스, 그리고 콤포스텔라. 걸어서, 때로는 자전거를 타고.

첫 단계는 거의 실패 직전까지 갔다. 다섯 명의 젊은 친구들이 두 명의 안내자와 함께 길을 떠났는데, 그중 세 명이 오베르뉴 지방에서 사람들에게 시비를 걸어 엄청난 싸움을 일으킨 후 프랑스 경찰에게 둘러싸인 채 돌아왔던 것이다. 하지만 좋은 의도로 시작한 일인 만큼 난투극에 참여하지 않았던 나머지 두 명은 끝까지 여행을 완수하는 걸로 결정이 났다. 그 둘은 자신들이 이루어낸 성과에 대해 자부심을 느끼며 다른 사람이 되어 돌아왔고, 올바른 길을 가기로 다짐했다.

오이코텐 지도자들이 내린 결론은 이렇다. 다섯이 모이면, '패거리' 효과가 나쁜 쪽으로 작용한다. 걷는 동안, 몇몇 아이들은 자기들 중 가장 거친 친구를 흉내 내어 자신의 행동을 결정한다는 것이다. 또 다른 결론. 어른 한 명이 젊은 친구 둘과 동행할 때 '갱' 효과가 줄어든다는 것이다. 항상 실용주의를 고수하는 오이코텐은 '1대 1' 여행, 즉 젊은 친구 한 명과 어른 한 명으로 이루어진 여행을 조직하기로 결정했다. 기존에 80퍼센트였던 것과는 달리, 그들은 이제 95퍼센트의 도보여행자를 목적지까지 데리고 간다.

모니크와 나는 1999년 연말에 열정적인 벨기에 여행을 마치고 돌아왔다. 그들이 우리에게 알려준 수치는 그 자체로 많은 이야기를 해주었으며 또 믿을 만했다. 20년 전 시작된 이후로, 디미트리가 몸담은 협회는 벌써 수백 명의 젊은 친구를 걷게 만들었기 때문이다. 80퍼센트는 시험을 끝까지 마친다. 하지만 그중 20퍼센트는 불행하게도 다시 실수를 저지르고 만다. 하지만 걷기 여행에 참여했던 젊은이

중 거의 60퍼센트가 새출발을 하게 된다. 감옥으로 보내진 젊은이와 비교해보면 놀라운 수치가 아닐 수 없다. 감옥 생활을 한 청소년의 95퍼센트는 18세가 되기 전에 재범을 저지른다. 결국 비싸지만 별 효과도 없는 감옥은, 그 안으로 들어온 청소년 중 단 5퍼센트만을 구제하는 셈이다. 정말 안타까운 일이 아닐 수 없다. 협박이나 공포가 아닌 지성과 의지와 용기에 호소하는 오이코텐의 방식은 감옥보다 더 효과적이고 더 잘 적용될 수 있다. 물론 실행에 옮기는 건 훨씬 복잡한 일이다. 그래도 돈은 훨씬 덜 든다.

《나는 걷는다》 1권 집필을 마치고 나서, 나는 '문턱' 단체의 정관을 작성했다. 이름이 마음에 들었다. 그 단어가 뜻하는 바를 알아보려고 백과사전과 몇몇 사전*을 뒤져보았다. 거기엔 강한 상징적 의미가 담겨있지만, 과연 우리와 동행하게 될 비행 청소년들이 그걸 인식할 수 있을지는 의심스러웠다. "문턱에 서 계시지 말고 들어오세요!" 문에 서

---

*그중에는 물론 《상징 사전》과 《프랑스어 역사 사전》도 있다. 나는 사전을 정말 좋아한다.

있는 손님에게 우린 이렇게 말한다. 결국 '문턱'이 목표로 정한 것은, 혼자서 문을 찾지 못하고 소외된 어린 불량배들이 사회 속으로 '들어올 수' 있도록 도와주는 일이다. 환대의 법칙에서, 문턱에 서있는 것은 그 집을 지배하는 규칙에 동의한다는 것을 표현한다. 반대로 누군가에게 문턱을 허용하지 않는 것은 그를 부정한다는 의미다. 문턱을 넘어선다는 것은 어떤 의도의 순수성을 요구한다. 즉 세속적인 것(외부)으로부터 성스러운 것(내부)으로 이동한다는 의미다. 이런 개념의 중요성을, 아시아의 이슬람 신도에게서도, 불교 신도에게서도 확인할 수 있었다. 사람들은 집에 들어갈 때, 그리고 의식을 올리는 절이나 사원에 들어갈 때 신발을 벗는다. 중국 성소^{聖所}의 입구에서는 문턱을 상징하는 나무 막대기를 뛰어넘어야 한다. 그 막대기를 발로 밟아서는 안 된다. 만약 그것이 땅속으로 들어가게 되면 연약한 보호막이 사라지는 것과 마찬가지라서, 귀신들이 떼를 지어 성스러운 장소 안으로 자유롭게 들어올 수 있기 때문이다. 아프리카의 밤바라족^族 또한, 조상들에 대한 제사와 관계된 문턱을 신성하게 여긴다. 라블레^{François Rabelais, 1483~1553. 《가르강} ^{튀아와 팡타그뤼엘》을 쓴 프랑스 작가}는 문턱에 시작의 의미를, 어떤 상태에서 다른 상태로 옮겨가는 통로라는 의미를 부여했다. 어떤 시대에는 그것이 기초, 토대를 의미하기도 했다.

어원학적으로 '문턱'은 또한 걷기와 연결되어있다. 그 어원이 되는 라틴어 'solea'는 발바닥 아래 놓인 신발창을 뜻하기 때문이다. 로마의 노예들은 맨발로 걸어다녔다. 따라서 신발을 신는다는 것은 자유의 상징이었으며, 그가 스스로 주인이고 자기 행동에 책임진다는 걸 의미했다. 우리가 젊은 친구들에게 바라는 게 바로 이 모든 것이다. 즉 2000킬로미터를 끝까지 걸었다는 것이 생생한 자유의 상징이 되기를, 그리고 우리와 더불어 사회의 '문턱'을 넘기를 바라는 것이다. 우리가 그들에게 제공해줄 구두는 그들의 자유를 운반해주는 수단이 될 것이다.

사무실을 빌리고 컴퓨터와 사무용품을 사느라고 처음으로 지출을 해야 했지만, 내 저작권 수입을 거의 축내지 않는 요식행위일 뿐이었다. 내게는 군자금이 어느 정도 있었다. 남은 것은 이제 전쟁, 곧 청소년을 돌볼 방법을 찾아내는 일이었다. 그러기 위해서는 일행이 필요했는데, 그 방면으로 난 별로 익숙하지가 않았다.

이 대목에서도 기적이 일어났다. 출판사 쪽에서 《나는 걷는다》 각 권의 끝에 한 쪽을 추가하도록 동의해줬다. 거기다 '문턱' 프로젝트에 대해 몇 마디 써놓았다. 독자들이 재빠르게 일을 돕거나 후원을 하겠다고 나섰다. 그들 중 대부분은 도보여행자로 걷기의 가치를 잘 아는 사람들이었다. 거기에다가 자원봉사 센터라는 멋진 기관을 통해 다른 봉사자들이 모여들었고, 센터에서 각자의 일정과 성향, 능력에 따라 사람들을 안내해주었다. 나머지는 이제 친구들의 입소문에 달렸다.

'문턱'은 정말 수호천사의 날개 아래 보호를 받는 것 같았다. 활동적이고, 강인하고, 너그러운 특급 비서가 필요하지 않을까? 그러자 샨탈이 나타났고, 초창기부터 매일 아침 자리를 지켜준다. 그녀는 곧 우리가 꿈꾸던 효율적이고, 의욕이 넘치고, 준비된 일군의 조직을 이끄는 축이 되었다. 컴퓨터 전문가가 필요하지 않을까? 그러자 올리비에가 나타나 컴퓨터를 조립해주었고, 영국 아가씨 주디스와 함께 인터넷 사이트를 담당하게 되었다. 그리고 젊은 독일 여학생이 합류함으로써 '문턱'이 잠시나마 어느 정도 국제적인 면모를 갖출 수 있었다. 또 다른 올리비에는 지부支部를 만들고 싶어서 안달이 난 지방 사람을 담당했다. 물론 회계를 맡을 사람도 필요했다. 그러자 브누아가 나타나서, 사무국장 파트릭(겉으론 얌전해 보이지만 진짜 일꾼이다)과 함께 일을 하는 베르나르(나와 이름이 같은)의 도움을 받으며 회계를 담당했다. 에티엔과 (또 다른) 베르나르는 판사·교육자와의 연결망을 구축했으며, 자크는 신뢰와 공정성을 바탕으로 이 모든 사람을 관리했다. 아마도 런던에서 공부하는 동안 영국식 유머가 많이 는 탓인지, 그는 간결하게 이렇게 말했다. "문턱이란 단체는 꼭 파리 잡는 끈끈이 같아요. 일단 발을 들여놓으면 다시 빠져나올 수가 없거든요." 프랑수아는 기업의 서비스 업무를 담당했던 경험을 그 샘솟는 에너지와 함께 우리에게 전해주었다. 안느–뤼시와 나탈리는 현장으로 떠나는 도보여행자와 그들의 동반자를 연결해주었다. 실비와 실뱅은 젊은이들이 도보여행을 마치고 돌아와서 일자리를 찾을 수 있도록 기업과 다리 놓아주는 일을 담당했다. 그들은 또한 '문턱'의 발전을 위해 단 몇 푼이라도 확보하고자 애를 썼다. 세 명의 심리학자 엘리안, 클로드, 에마뉘엘은 감당하기 힘든 어려움에 빠진 청소년의 행동을 이해하는 데 도움을 주었다. 대표자를 따로 정할 필요가 전혀 없을 정도로, 모두가 능력 있고, 효율적이고, 즐거워했다. 법무부에서 은퇴하자마자 우릴 찾아와 자신의 경험을 전해준 폴이 그러했고, 정말 좋은 충고를 콧수염 밑으로 아낌없이 들려주던 또 다른 파트릭이 그러했다.

건물의 초석을 놓은 사람들의 이름을 모두 열거하기엔

너무나 길 것이다. 같은 목적으로 우리와 하나가 된 그 선한 의지의 사람들, 그 모든 젊은이와 노인 중 몇몇의 이름만 언급할 수 있을 뿐이다.

이처럼 개인적으로 온 사람도 있었지만, 단체 또한 그냥 있지 않았다. 라이온스 클럽과 로터리 클럽에서 관심이 있다고 알려왔다. 투르의 라이온스 클럽 회장은 자신이 지부를 만들겠다고 제안하기까지 했다. 이 단체 가운데 하나와 더불어, 우리는 아이들이 걷기 행군에서 돌아오자마자 직업 전선에 배치시키는 작업을 할 수 있었다.

나는 이 프로젝트가 매우 커다란 잠재력을 지니고 있어서 공공기관 또한 이런 새로운 방식에 기뻐하리라고 확신한다. 원칙은 단순하고 적용하기는 매우 어렵지만 인간적으로 기대해볼 수 있는 방식이기 때문이다. 또한 오랜 기간 실험을 거쳤다는 면에서 기본적으로 안정되기도 하다. 게다가 감옥보다 효과적이면서도 비용은 서너 배나 덜 든다. 감옥은 사실 하루에 900유로로, 즉 병원만큼 돈이 든다.

'문턱' 프로젝트에 합류한 사람의 대부분은 은퇴자, 조기 퇴직자, 실업자 같이 '비활동적인' 인구로 분류되는 이였다. 그들도 나처럼, 더 이상 사랑할 줄 모르고 계산만 하려는 시스템에 의해 '폐품' 취급을 받거나 이득 또는 손실로 간주되길 거부한 사람들이다. 자신이 격리되는 것에 반발하는 그들의 욕망이 표현되는 방식을 보고 놀란다. 효율성과 합리성을 주요 원칙으로 삼는 거만하고 도가 지나친 이 자유주의 사회에서, 그들은 자기보다 더 소외되고 내쳐진 젊은이를 돕는 길을 택한 것이다.

'문턱'이 탄생하면서, 나는 예순에 다시 태어나는 것 같은 느낌이었다. 어쩌면 한참을 돌아온 끝에 마침내 충만한 삶에 이르렀다고 표현하는 게 더 옳을지도 모르겠다. 어린 시절과 학창시절과 직장 생활을 거치는 동안, 아마도 나도 모르는 사이에 내가 무르익게 만들었을 그런 삶으로. 그렇다, 인생은 은퇴하면서 멈추는 게 아니다. 나와 관련지어 말하자면, 그것은 이제 시작된다고 해야 할 것이다.

이렇듯 뜻을 같이해준 너그러운 사람들과 더불어, 나는 만남과 관용과 인간미로 이루어진, 좀 더 인간적인 세상의 한 조각을 건설하려는 꿈을 꿀 수 있었다. 각자 가진 재능과 힘을 합해준 그 남녀노소들은, 사회가 그들에게 제시하거나 혹은 강요하는 불가피한 일을 받아들이려 하지 않는다. 범죄자라고 해서, 어떻게 해서든 깎아내리고 모욕해야 하는 야만인의 모습을 항상 하고 있는 것은 아니다. 더 많은 경우, 그는 자기 방식으로 도움을 요청하는 상처 입은 어린아이고, 돌봐줘야 할 사회적 환자라고 할 수 있다. 우리는 그 젊은이들을 인생의 오솔길 가운데로 데려다줄 것이며, 한 걸음 한 걸음씩 수천 킬로미터를 가는 그 견습 기간을 통해 희망이 싹트도록 할 것이다.

'문턱'의 탄생에 필요한 절차를 마무리하고 장애물을 넘어서기 위해서는 일 년 이상의 기간이 필요했다. 정말 잘 해보고 싶은 욕망으로 애를 태웠으며, 우리 앞의 장벽들로 인해 조금 흔들리기도 했다. 2002년 3월 22일, 사회에선 자동차 운전학원 강사로 있는 마르셀이 두 명의 노르망디 출신 젊은이와 함께 길을 떠났다. 그들은 대가족에 알코올 중독자 어머니를 둔, 위험에 놓인 청소년의 대표적인 경우였다. 첫 번째 친구는 56번이나 '사건'을 저질러 청소년 법원 판사 앞에 불려갔다. 열여섯 살이 채 안 된 나이에, 대단한 기록이 아닐 수 없다. 두 번째 친구는 청소년 법정에는 첫 번째 친구보다 덜 서봤지만 왜소한 체구에도 불구하고 무서운 폭력성을 지닌 위험한 녀석이었다. 그와 싸웠던 상대방은 거의 조각난 상태로 병원에 왔다고 한다.

마르셀의 도움을 받아, 우리는 젊은 친구들이 앞으로 하게 될 긴 여행에 육체적·정신적인 대비를 위해 일주일 동안의 걷기 연습 기간을 두었다. 예정된 여정은 이탈리아

제노바에서 출발하여 아시시까지 남쪽으로 내려간 다음, 북쪽으로 올라오면서 베네치아와 코모를 거쳐 밀라노에서 끝나는 것이었다. 이 팀은 네 달 동안 총 2500킬로미터의 코스를 완수하고 돌아와야 한다.

그들의 출발을 축하하기 위해 마련한 파티에는, 교육자 외에도 한 판사가 자신의 권유로 길을 떠나게 된 젊은 친구의 뜻깊은 여행을 지켜보기 위해 참석했다. 그가 말하길, 그 청소년이 프로젝트에 바로 신청해서 자신도 놀랐다는 것이다. 판사·교육자와의 관계에서 어려운 점 중 하나가 바로 이것이다. 운동을 해보지 않은 사람 눈에는, 2000~2500킬로미터를 걷는 일이 때로 과도한 '처벌'처럼 여겨지기도 한다. 그들에겐 걷기가 감옥보다 더 힘들게 보일지도 모른다. 하지만 터무니없는 얘기다. 또 다른 선택인 감옥이, 그들에게는 너무 평범하게 보이는 모양이다. 하지만 대답은 간단하다. 젊은 경범죄자가 '문턱' 프로젝트에 가입하는 건 그들이 도전에 대해 아주 특별한 의미를 부여하기 때문이다. 그렇지 않다면 그들은 범죄를 저지르지도 않았을 것이다. 게다가 걷는 걸 몸소 실천해본 교육자나 판사—그다지 많진 않지만—는 우리가 젊은 친구들에게 하루에 25킬로미터씩 걸으라고 요구하는 게 전적으로 합당하다는 걸 안다. '문턱'의 또 다른 약점은 그 방식의 새로움에 있다.

파티의 조명이 꺼지자마자, 마르셀과 젊은 두 친구는 이탈리아로 가는 기차를 탔다. 그런데 가는 길에 한 녀석이 우리가 동행자와 연락을 주고받는 데 쓰일 휴대전화를 훔쳤다. 첫날부터, 우린 교훈을 얻었다. 모든 걸 절대 순진하게 생각하지 말 것, 감시를 절대 느슨히 하지 말 것. 우린 성가대 어린이들을 상대하는 게 아니었다.

며칠 후 나는 실크로드 여행의 두 번째 단계를 시작하기 위해 비행기를 탔다. 새로 가입한 자크가 대신 일을 봐주었는데, 그는 정말 보기 드물게 진지하고 적극적이고 능력 있는 친구였다. 두 달 후, 둘 중에서 좀 더 말썽을 부리던 녀석이 아시시에서 사고를 친 후 결국 걷기를 포기하고 말았다. 녀석이 바로 후회하기는 했지만, 당시 경험이 없었던 우리는 지금이라면 더 원만하게 수습했을 그 상황을 감당할 수 없었다. 이제 우리는 도보여행자가 겪는 의심과 실망의 시기를 극복하는 법을 배웠다.

여행은 남은 한 명과 함께 계속되었다. 그는 건강과 낙천적인 마음과 자부심으로 충만한 채 돌아와 '문턱'의 성공적인 첫 도보여행자가 되는 영광을 누렸다. 중국에서 막 돌아온 나는 그의 무사 귀환을 축하하는 파티에 참석해, 우리

팀이 나 없이도 완벽하게 움직였음을 확인했다. 그가 자신이 거둔 성과를 기억할 수 있도록, 그에게 훈장을 새겨주었다. 녀석은 자긍심으로 가득 찬 모습이었다. 우리가 추구하는 목표가 바로 이것이다. 자기 자신에 대해 좋은 생각을 하게끔 이끄는 것. 그는 자신의 교육 담당자에게 "일하고 싶어요"라고 선언했고, 우리는 정말 가슴이 뭉클해졌다.

여세를 몰아 조직된 두 번째 도보여행은, 독일 함부르크의 발트 해안에서 출발하여 아드리아 해안의 베네치아까지 가는 것이다. 동행자인 올리비에는 소방관 생활을 했고 교육에 대한 열정이 남다른 스포츠맨이었다. 그는 두 명의 젊은 친구를 데리고 갔는데, 이번에도 역시 한 녀석은 '요주의' 인물이었고 또 하나는 '범죄자'였다. 첫 번째 녀석은 우리의 노력에도 불구하고 일주일 만에 걷기를 중단했고, 자신이 원하는 대로 집에 돌아와 다시 마리화나 연기를 뿜어댔다. 두 번째 소년은, 상상을 초월하는 폭력을 저지를 가능성이 농후했음에도, 끝까지 가게 되었다. 안전을 위한 조치로, 우리는 도착할 때까지 또 다른 어른 한 명이 항상 따라다니도록 했다. 그가 돌아온 후 정신과에서 이틀을 함께 보낸 담당 판사가 내게 전화를 했다. 도보여행이 끝난 후 소년이 변한 걸 확인하고 정말 놀랐다는 것이다.

'문턱' 첫해의 결산은 그리 나쁘지 않았다. 아이들 둘 중의 한 명은 목적지까지 데리고 갔으니까. 우리의 젊은 심리학자 엘리안은 좀 더 체계적인 분석을 하기 위해 정말 열심히 일했고, 위기의 상황이 왔을 때 유용한 조언을 해주었다. 우리의 방식들을 개선하기 위해 모두 고민하고 있을 때, 나쁜 소식 하나가 전해졌다. 청소년에 대한 사법적 보호조치 기구(PJJ, 비행 미성년자를 담당하기 위해 세워진 법무부장관 직속 기관)를 담당하는 노르망디 지역 국장이, 돈이 더 이상 없다고 알려온 것이다. 그는 우리가 합의한 액수를 더 이상 지불할 수가 없다고 했다. 우리의 조촐한 재원으로는 단체 운영이나 장비 구입 등의 몇 가지 일반적 지출 외에는 도보 여행에 드는 경비의 극히 일부만을 감당할 수 있을 뿐이었다. 판사가 국가의 이름으로 결정을 내린 순간부터, 수용소건, 감옥이건, 우리 같은 단체건 간에 거기에 드는 비용을 담당해야 하는 건 이제 국가의 몫이다.

2007년에 있었던 국회의원 선거 다음 날, 우리에게 편지가 도착했다. 정부에서 더 이상 우리와 같이 일하지 않을 것을 '고려하고'—매우 완곡한 표현이다—있다는 것이다. 그 편지는 심지어 프랑스 전역의 지자체에도 발송되었고, 다시 또 하위 행정구역으로 그 방침은 전달될 것이다. 우리가 그냥 손 놓고 있으면, '문턱'은 더 이상 존재할 수 없을 것이다. 약간의 힘겨루기가 있었고 또 법무부장관인 라시다 다티가 개입한 후, 그 결정은 미뤄지게 되었으며 우리는 방식을 약간 수정한다는 조건으로 '독립' 여행을 조직할 권리를 갖게 되었다. 2008년 연말에 다시 결산을 하게 될 것이고, 그러면 우리가 향후 5년 동안 도보여행을 조직할 수 있게 해줄 '법적 권리'를 지닐 수 있을지 여부가 결정될 것이다. 우리는 다시 믿음을 되찾았다.

고정관념에 맞서 반대의 길을 가는 것은 마치 시시포스의 바위를 언덕 꼭대기까지 밀어 올리는 일과 같다. 정상에 도착하자마자, 바위는 다시 굴러 떨어진다. 우리가 행동하는 것을 방해하기 위해 그들이 악착같이 우리를 구속하려 한다 해도, 그다지 놀라운 일은 아니다. 행정부와 공권력이 '문턱'을 받아들이지 않는 것은, 우리 단체가 청소년에 대한 사법적 보호조치 기구라는, 행정부가 공들여 만들어놓은 틀 안에 쉽게 스며들어가지 않기 때문이다. 혹은 그 틀이 우리 단체를 받아들이기에는 너무 경직되었는지도 모른다. 우리의 방식은, 어려움을 겪는 모든 사람에게 똑같이 응답한다고 자처하는 또 다른 방식—감옥—과 정확히 반대된다. '문턱'과 더불어 세운 목표는 '손으로 바느질하듯 공들여 하기', 즉 각각의 특별한 경우에 따라 여정을 맞추는 것이다.

이런 상황 속에서 '문턱' 활동을 계속해 나간다는 건 거의 기적에 가까웠다. 우리는 청소년을 담당하는 시스템과 정반대의 입장을 취하고 있기 때문이다. 상황은 점점 더 악화되어, 그들의 눈엔 '문턱'이 '전문가'도 아니었고 '자원봉사'라는 용어 또한 이미 결점으로 작용하였다. 더 나쁜 것은, 그들이 우리를 '아마추어'로 취급한다는 점이었다. 프랑스에서 아마추어는 용납되지 않는다. 미국이나 이미 언급한 벨기에 같은 나라에서는, 누군가 새로운 아이디어를 가지고 오면 그것을 실험해보도록 권유하고, 만약 기대했던 결과가 나오면 그 아이디어를 일반화시킨다. 하지만 프랑스에서는, 새로운 아이디어는 경계의 대상이 되기 쉽다. 지극히 신성한 '신중함의 원칙'에 모든 종류의 양념이 가미되고, 특히나 기존 질서, 습관, 일상적인 것을 문제 삼을 때 더욱 그러하다. 정도의 차이는 있겠지만, 나는 프랑스인에게 감자를 먹게 하려고 무진 애를 썼던 파르망티에 Antoine Augustin Parmentier, 1737~1813. 감자 재배와 보급에 평생을 바친 프랑스의 농학자로, parmentier는 감자 요리를 총칭하기도 한다 생각을 자주 한다. 이 기적적인 야채가 프랑스 땅에 도착한 덕분에 수천 명의 사람이 기근으로부터 구제되지 않았던가. 용기와 인내. 중앙난방이 고안되고 그것이 일반화하기까지는 한 세기가 걸렸다. 또한 전쟁이 끝나고 십 년 후에도 파스퇴르를 반대하는 의사 협회가 여전히 존재했고, 그중 하나는 이렇게 단언했다. "파스퇴르 선생의 세균은 내 병원 안에 들어오지 못할 것이다."

프랑스인은 가끔 무언가를 이해하는 데 오랜 시간이 걸린다. 일종의 실패하는 기계가, 마치 조립식 테이블처럼 실수를 쌓아놓고 있다. 여론은 두려워하며 억누를 것을 요구하고, 정치인은 여론을 두려워하며 감옥을 요구하고, 공무원은 정치인을 두려워하며 늘 좀 더 충격적인 법률을 적용하고, 경찰은 젊은이를 두려워하며 청소년에게 손을 내미는 대신 몽둥이를 내민다. 멍청한 정책에 제도화된 폭력, 하지만 모든 사람들은 안심한다.

행정부 담당자 앞에서 우리의 동기를 지켜내는 일은 어려웠지만, 주민들로부터는 대단히 호의적인 반향이 있었다. 《나는 걷는다》와 우범 지역에 대한 토론을 다룬 《성냥과 폭탄》이 출판된 후, 나는 프랑스 전역에서 독자와 많은 만남의 기회를 갖게 되었다. 실크로드에 대한 나의 얘기를 듣기 위해 강연장을 가득 메운 청중 앞에서, 나는 '문턱'을 이야기했다. 그리고 그들이 호응해주었다. 억지가 아니었다. 강연이 끝나면 많은 사람이 '문턱'에 가입해서 이런저런 형태의 기부를 해주었다. 정말 너그러운 사람도 있었다. 어떤 이는 1000유로를 기부했으며, 또 다른 이는 두 달마다 200유로씩을 보내왔다. 그 덕분에, 활동이 잠시 중단되었을 때 내가 했던 생각을 확신하게 되었다. 계속되는 지원을 얻기 위해, 필요하다면 걸어서 프랑스 일주를 할 것. 하지만 협상이 이루어지면서, 그 계획을 실행에 옮기는 일은 포기하게 되었다. 고통 받는 청소년 문제를 해결하는 데 감옥과 억압이 유일한 답일 수는 없다. 매년 많은 독자를 만나야 하는 무거운 부담을 감수하면서도, 나는 현실과의 이런 접촉을 유지하고자 한다. 어떻게 끝까지 가지 않을 수 있겠는가? 괴로워하는 청소년에게 어떻게 손을 내밀지 않겠는가? 만약 그들 중 하나라도 구원을 받는다면, 노력은 헛된 것이 아니리라.

젊은이와 노인 사이에 다리 놓기

청소년기에서 어른으로 접어든다는 것은 일종의 시험이다. 교육자들이 한계에 부딪혀 우리에게 맡긴 젊은 친구들을 통해 이를 확인한다. '활동적인' 삶으로부터 은퇴기로 넘어가는 것 또한 어려운 일이다. 여러 경우를 통해 봤을 때, 어떤 사람은 우선 당황한다. 그들이 확실한 정서적 지지에 기댈 수 없을 때 특히 그러하다. 하지만 긍정적인 측면을 고려해보자. 이러한 변화는 많은 약속을 지니고 있다. 만약 시간이 돈이라면, 은퇴 생활은 그야말로 훌륭한 기회라고 할 수 있다. 내가 이미 말했듯이, 의미 없는 여름휴가나 휴식과 혼동해서는 안 된다. 어떤 휴식을 얘기하는가? 육체적으로 고통스러운 직업은 오늘날—다행스럽게도—극소수에 지나지 않는다. 열심히 일한 사람 가운데 하나로서, 나는 일하는 게 쉽다는 걸 말하고 싶은 게 아니다. 회사 생활을 하며 강요된 리듬, 오늘날 많은 사람이 느끼는 압박과 스트레스로 인해, 일상생활 속에서 쉬어갈 수 있는 시간을 만드는 일은 그 어느 때보다 더 절실해졌다. 현역으로 있는 사람 또한, 비싼 돈을 주고 야자수 아래서 무위도식하기보다는 걷기, 혹은 그 어떤 운동이라도 다시 시작해야 할 것이다. 제발, 힘을 내잔 얘기다!

물론 장수할 수 있는 묘약이 있다면 이상적일 것이다. 아니면 적어도 죽을 때까지 행복한 삶이 주는 감미로움을 누릴 수만 있더라도. 하지만 더 이상 그런 걸 찾지 마시라! 당신은 이미 그것을 당신의 머릿속에, 특히 당신의 발 속에 가지고 있으니까. 걷고, 움직이고, 생각하고, 행동하고, 웃으면, 당신은 건강하게 오래 살 것이다. 허풍쟁이들이 당신에게 팔아먹으려는 모든 기적의 약보다, 그것이 천배는 더 유쾌하고 효과적이다. 그들 말에 귀 기울이지 마시라. 걷고, 앞으로 나아가다 보면, 알츠하이머병은 뒤로 물러난다.

이런 얘기는 나뿐만 아니라 이 방면을 연구해온 미국의 저명한 연구자들도 하는 것이다. 미국 사회도, 프랑스 사회와 마찬가지로 늙어가고 있기 때문이다. 그 사회는 기발한 물건을 통해 의기소침한 신경을 자극하려고 애쓴다. 2005년, 미국의 노인은 200만 달러어치의 양방향 게임기를 샀다. 2007년에는 자기 손자·손녀들을 바보로 만드는 바로 그 기계를 사느라 8000만 달러를 소비했다. 그게 끝이 아니다. 장사꾼들이 말하길, 아직 미개척 분야도 잠재력이 상당하단다.

그런데 샌드라 아모트와 샘 왕*이라는 두 연구자가 상황을 바로잡았다. 그들에 의하면, 노화 및 심장-혈관 질환에 가장 좋은 치료제는 하루 30분에서 한 시간씩 걷는 것이다. 또한 그들은 예전에 육상선수였던 사람이 알츠하이머병에 덜 걸린다는 사실에 주목했다.

미국의 노인들은 그 8000만 달러로 몇 켤레의 신발을 살 수 있었을까? 그랬더라면 엄지손가락만 튼튼하게 해주는 '메이드 인 차이나'의 작은 전자오락기와 더불어 지쳐가는 대신, 육체적·정신적으로 더 온전한 건강을 유지할 수 있지 않았을까?

그렇다고 해도 '은퇴'라는 전환점과 타협하는 일은 복잡하다. 우선 시간을 다시 되찾아야 하는 동시에, 움직이지

---

* 2007년 11월 8일자 〈뉴욕타임스〉에서 인용했다.

않으려는 유혹, 그 가짜 '휴식', 노화와 죽음으로 이끄는 영원한 휴식의 전 단계를, 온 힘을 다해 물리쳐야 한다.

물론 육체적인 측면에서 각자는 크고 작은 고통을 직면해야 한다. 내가 일흔 살이 되면, 마치 경계의 신호처럼 작은 기능장애가 늘어날 것이다. 그 무엇도 내가 살아가는 걸 막지는 못하더라도 말이다.

첫 번째 신호가 내게 온 때는 30년도 더 전이었는데, 많은 남자들이 그러하듯 머리가 빠지기 시작했다. 그리고 십 년 후 시력과 청력이 약해졌는데, 젊은 시절 결핵 예방 치료를 받은 여파였다. 실크로드에서 축적된 충격 또한 내 뼈대에 좀 성가신 흔적을 남겼다. 이란 국경을 눈앞에 두고 나를 쓰러뜨린 아메바 증症은 소화기관 깊숙한 곳에서 이따금씩 성화를 부렸다. 그 몹쓸 기생충은 내 기억력이 나쁘다는 걸 알고, 자기 존재를 알려주고 싶은 모양이었다. 네 개의 사막을 가로지르며 햇볕을 정면으로 받은 탓에 얼굴 피부는 까맣게 타버렸지만, 그건 전적으로 내 책임이다. 정오의 태양이 이글거리는 시간에도 삽질에 여념이 없던 농부처럼 살고 싶었던 나는, 선크림을 무시했기 때문이다. 그걸 발랐더라면 내 피부가 어쩌면 거의 젊은이 같은 생생함을 유지했을지도 모르겠다. 나는 요즘도 그을린 얼굴로 돌아다닌다. 싸구려 포도주를 좋아하는 남프랑스 지방의 목동 얼굴처럼 불그스름한 그 빛깔을 하고서.

이런 몇 가지 상처는 나를 거의 괴롭히지 않았다. 그건 내가 소위 말하는 '제3 세대'에 들어가기 위한 일종의 의무 같은 것이다. 모든 사람이 치루는 그것을 나라고 벗어날 이유는 없다. 요부腰部 척추관, 곧 내 척추에서 가장 약한 작은 부분이 좀 아플 때면, 나는 걸으러 떠난다. 그건 일반적으로 등이 아플 때 제일 좋은 치료법이다. 하지만 많은 사람은 내게 말한다. "나도 걷고는 싶은데, 등이 아파서요."

스무 살 때는 자기 몸을 알지 못한다. 너무 완벽하게 작동해서 존재 자체를 잊어버리기 때문이다. 나이를 먹어가면서, 워낙 오래전부터 나와 함께해왔기에 영원할 거라 믿었던 몇몇 능력이나 소질이 예고도 없이, 배신자처럼 휙 나를 떠난다. 작은 경고의 종이 때맞춰 울리며 내가 유한한 존재임을 일깨워주고, 때가 되면 나도 자리를 내줘야 한다고, 그리고 커다란 문을 통과해야 한다는 것을 알려준다.

나의 이런 장애들이 가볍게 느껴지는 걸로 보아, 나는 나이가 주는 다양한 장점을 편하게 소화시킬 수 있는 행복한 천성을 가진 듯하다. 처음엔 매일 밤 자다 일어나서 소변을 봐야 하고 그런 다음엔 다시 잠들지 못하는 게 짜증스러웠다. 요즘엔 그 시간을 이용해서 침대 곁에 쌓아둔 책을 읽으며 내가 뒤처진 것을 따라잡는다. 독서에 대한 내 사랑이 고통스러운 일을 기쁨으로 바꿔놓은 것이다.

나는 평생 두 눈이 모두 정상이었다. 그래서 나는 아직도 교정 안경을 써야 한다는 걸 받아들이지 못한다. 어쩌면 걸맞지 않는 응석이 남아서 그러는지도 모르겠다. 그 결과 거의 프로이트식의 집요함이라고나 할까, 도무지 코 위에 안경을 올려놓고 있을 수가 없다. 그리고 20년 전 이래로, 하루에 열 번은 안경을 잃어버린다. 그 후 나는 이 일을 유머처럼 받아들이기로 했다. 그건 나를 단조로운 일상에서 벗어나게 해주는, 보물찾기 놀이와도 같았다. 안경 없이 안경을 찾는 게 불가능하기 때문에, 나는 오래된 둥근 안경을 늘 같은 장소에 놓아두고 목표를 찾아갈 때 도움을 받는다. 아침부터 저녁까지 안경을 써야 할, 그래서 잠들기 전에야 벗을 수 있는 날이 언젠가 올 것이다. 그때가 되면 나는 완전한 소멸에 한 단계 더 가까이 간 것이겠지만, 안경은 계속 잃어버릴 것이다. 삶이란, 죽음을 기다리는 동안 좋은 소식이 계속 이어지는 것이리라……

이미 말했듯 나는 움직이지 않는 걸 견디지 못한다. 그렇다고 엄청나게 활동적인 것은 아니지만, 근육과 신경 세포를 작동시키려고 늘 애쓴다. 근육에 대해서는 그리 불평할 것이 없으며, 나이를 먹어가면서도 좋은 건강 상태와 그럭저럭 내세울 만한 몸매를 유지할 수 있었다. 정신적 훈련 면에서는, 독서와 글쓰기 덕분에 TV 드라마에 중독되지 않을 수 있었다. 신경 세포를 유지시키기 위해서, 나는 자극적이면서 동시에 감질나게 하는, 노년이라는 내 상황에 걸맞은 활동을 발견했다. 바로 스도쿠^{일본에서 개발된 퍼즐 게임}다.

사실 나는 앞으로 결코 수학을 잘할 수 없을 것이며 숫자와는 절대 친해질 수 없을 거라는 걸 중학교 1학년 때 깨달았다. 은행 계좌 명세서를 보는 것조차 견디기 어려워하던 나는 세금 신고 때문에 친구인 클로드에게 정기적으로 도움을 받는다. 하지만 스도쿠는 달랐다. 상당한 두뇌 스포츠인 스도쿠의 규칙은, 바둑무늬 판 안에 1에서 9까지의 숫자를 같은 가로줄과 세로줄에 각각 한 번만 써서 채우는 것이다. 나는 수백 개의 문제가 담긴 노트를 하나 샀다. 그 훈련은 나를 완전히 사로잡았다. 더 이상 책도 읽지 않았으며, 집중하는 데 방해가 되는 라디오도 듣지 않았다. 풀지 못한 문제 때문에 밤에 자다 일어나는 일도 있었다. 일주일이 지난 후, 나는 노트를 찢어버렸다. 하지만 이따금씩 연습하는 걸 단념하지는 않았다. 일간지와 잡지에도 퍼즐 판은 많이 있으니까.

내가 스도쿠에 흥미를 느낀 것은 나이를 먹으면 떨어지기 마련인 집중력이 필요하기 때문이다. 그래서 나는 어쩔 수 없이 시간 좀 '죽이는' 걸 선택해야 할 때 문제를 풀어보려고 노력한다. 왜냐하면 이 게임은 시간을 죽이는 데 정말 탁월하기 때문이다. 고집스럽게 기차를 신봉하는 나는, 숫자들 속에 코를 박고 있으면 이동 시간조차 까맣게 잊어버리곤 한다. 나는 점점 더 복잡한 퍼즐에 도전해보고자 하지만, 큰 환상을 갖지는 않는다. 예전이나 지금이나 내 체스 실력은 평범한 수준에 머물러 있으며, '매우 어려운' '전문가를 위한' '악마적인' 스도쿠는 몇 가지 예외를 빼고는 대개 내 능력을 훨씬 뛰어넘기 때문이다. 하지만 별 상관없다. 중요한 건 내 신경 세포를 움직이게 만드는 일이니까. 걷기와 달리기, 그리고 스도쿠는 혼자 하는 연습이라는 장점이 있다. 체스나 테니스처럼 상대를 찾아야 할 필요가 전혀 없다는 얘기다. 내가 그 게임에 빠지는 건 어떤 다른 성과를 얻기 위해서가 아니라 오로지 권태를 멀리하기 위해서다. 권태라는 배신자가 불현듯 나를 덮칠지도 모르는 일이니.

하지만 이 모든 건 거품일 뿐이다. 현재로서 나의 첫 번째 관심사는 '문턱'이다. 그리고 내 작은 명성을 이용해 재능 있는 젊은이들을 돕고 싶은 마음. 그건 젊은 사람과 나이 든 사람이 서로를 향해 '작은 다리'(나는 이 표현을 좋아한다)를 놓아야 한다고 확신하기 때문이다. 젊은이는 에너지가 있고 선입견이 없으며, 세상을 발견하고 그 안에 편입되고자 하는 욕망을 지녔다. 나이 든 사람은 초보자에게 유용하게 사용될 경험을 가지고 있다. 그래서 초보자가 도움을 청할 때 나는 기쁜 마음으로 달려간다. 더구나 내가 직장 생활을 하며 관계를 유지했던 친구들 가운데 대부분은 견습생으로 데리고 있던, 혹은 나의 주소록 덕분에 약간의 도움을 줄 수 있었던 젊은 친구들이다. 나이 든 친구들은 자기한테 무심하다고 자주 나를 나무란다. 그들에게 할애할 시간이 별로 없었던 것은 사실이다. 굳이 잘못을 따지자면, 그건 내 책의 독자인 새로운 친구들, 그리고 내게 조언을 구하러 오는 모험가들 때문이다. 그들은 늘 나를 몹시 당황스럽게 만든다. 그들은 조언을 구하러 올 때 나를 '늙은 현자'쯤으로 상상하지만, 난 그저 나이를 먹었을 뿐 현자는 아니기 때문이다. 혹은 그들이 기대했던 만큼이 아니거나.

그래서 나는 기쁜 마음으로 브누아와 로맹과 함께 연습한다. 그들은 페달만큼이나 사이클도 많은, 첨단 기술로 가득 찬 2인용 자전거를 준비해서 캘커타까지 갈 생각을 하고 있다. 나는 또 레미와 알렉시스의 소식을 들을 때마다 늘 기쁘다. 앙제에 있는 무역학교에 다니는 그들은 아시아 여행을 하려고 일 년 휴가를 냈다. 그들이 떠나는 날, 우리는 상징적 의미로 처음 5킬로미터를 함께 걸었다. 그 후 그들은 걷기도 하고, 차를 얻어 타기도 하고, 기차도 타면서, 자신에게 가장 멋진 선물을 줄 수 있었다. 새로운 만남에 굶주린 사람처럼 중앙아시아, 중국, 인도, 러시아를 주체할 수 없이 돌아다닌 것이다.

세상을 즐기기에 좋은 시기는 딱 두 번, 직장 생활을 하기 전과 후뿐이다. 두 시기 사이에는 또 다른 모험, 즉 가족을 이루는 멋지고 가장 중요한 일에 착수하게 된다. 그건 아마도 우리네 삶에서 가장 위대한 일일 것이다. 한 생명이 세상에 나올 수 있도록 결정하는 일은 폐기할 수도, 깰 수도 없는 종신 계약이다. 아주 오랜 동안의 계약. 오늘날 어린아이가 사회에 편입되도록 도와주는 데는 25년이 걸린다는 사실을 나는 안다. 여러 근심과 작은 말다툼과 커다란 행복으로 점철되는 25년. 가정에서 어머니 혹은 아버지의 역할은, 그리고 한 직장에서 근로자의 역할은, 많은 노력이 필요한 만큼 시간이 오래 걸리는 모험을 시도하는 걸 허락하지 않는다. 하지만 그에 대한 보상도 있다.

직업적 계약은 깨기가 더 쉬운 편이다. 물론 많은 사람은 그것이 가족의 계약만큼이나 매력적이라고 생각하지만. 사회 속에서 각자 자신의 몫이 있음을 잘 알면서도, 안식년이나 긴 휴가를 신청할 수도 있다. 내 결정을 그 젊은이의 결정과 비교해봤을 때, 결국 큰 차이가 없음을 확인한다. 나는 직장 생활이 끝난 다음 떠난 것이고, 그들은 직장 생활을 하기 전에 떠나는 걸 선택했을 뿐이다.

소르본 대학 대강당에서 있었던 감동적인 총회에서 영광스럽게도 나를 2007년 행사의 후견인으로 선정했던 젤리자Zellidja 장학금의 수상자들도 같은 경우였다. 매년 수백 명의 젊은이를 선발하여 세상을 새롭게 발견하도록 파견하는 이 단체는 세대 간의 모험에 대한 완벽한 성공 사례라고 할 수 있다. 이는 또한 혼자 하는 여행이 지닌 교육적 덕목을 똑똑히 보여준다. 바칼로레아 시험을 앞두고 있거나 막 끝낸 소년·소녀들이 한 나라를 선택하여 여행 계획—대부분 문화적인—을 제출하고, 그 계획이 채택되면 그들은 장학금을 받아서 4주에서 8주 동안 혼자 먼 나라로 여행을 떠난다. 돌아온 다음엔 그들이 발견한 것에 대한 보고서를 내야 하고, 주어진 돈을 어떻게 썼는지도 정확하게 밝혀야 한다. 꿈과 현실의, 모험과 엄격함의 결합이라고 할 수 있다. 이

젤리자 장학금을 통해서, 나는 성숙하고 현명한 젊은 친구들을 만날 수 있었다. 그들은 '늙은' 선배의 경험으로부터 도움을 받아 세계 각국에서 가져온 그들의 꿈이 흘러넘치는 행사를 조직했다. 벽이 높고 엄격하기로 유명한 소르본 대학도, 이 아름다운 젊은이들에 대해 놀라고 또 즐거워했을 것이다. 플루트와 기타 소리가 울려 퍼지는 가운데 그들에게 학위증을 수여했던 나 또한 얼마나 행복했던지! 몇몇 친구가 내게 말하길, 세상의 먼 곳으로 떠나는 데 가장 힘들었던 일은 부모님이 자신을 믿도록 설득하는 것이었다고 한다. 폭력으로 가득 찬 세상에서, 집에서 학교까지 가는 500미터 거리에도 혹시나 위험한 일이 생길까봐 부모가 아이를 차로 데려다주는 이 세상에서, 십대 청소년을 먼 나라로 혼자 떠나보낸다는 일이 부모로서는 정말 용감한 행동이라는 건 사실이다. 마찬가지로, 젊은 친구가 가족이라는 둥지를 떠난다는 것 또한 어려우면서도 동시에 본질적인 결정이다. 하지만 그런 결정이 없다면 그들은 홀로 설 수 없다. 자식에 대한 사랑이 단지 구속일 뿐이라면, 그건 위험한 것이 될 수도 있다.

내가 길을 열어주는 지도 역할을 했던 그 감동적인 행사 동안, 나는 어쩔 수 없이 판사나 교육자가 우리에게 맡

긴 청소년들을 그들과 비교해보게 되었다. 우리 아이들 또한 자신에 대해 조금씩 존중하는 법을 찾기 위해 길을 떠나기 때문이다. 물론 그 아이들은 판사의 명령에 따라 강제로 떠난다는 것이 중요한 차이였다. 하지만 그들 또한 우리와 함께 배낭을 등에 지고 길을 떠나면서, 주어진 서너 달 동안 잃어버린 모든 시간을 따라잡아야 하며 자신이 어렸을 때부터 따라다닌 그 불행의 사슬을 끊을 수 있을지에 대해 내기를 걸어야 한다.

명망 높은 기술학교 아그로Agro의 학생들도 자신의 학위 수여식에 후원자가 되어줄 것을 요청했다. 독학으로 공부한 내가 젊은 학자의 노력을 치하하는 자리에 나가다니, 놀라운 반전 아닌가! 이러한 행동이, 나로 하여금 세대 간의 통로가 된다는 것의 본질적 성격에 대해 확신을 가지게 했다. 그들이 나를 선택한 이유는, 그들 또한 졸업 후 힘들고 낯선 미지의 길에 뛰어들기 때문일 것이다. 내게 남은 일은, 이런 영광 속에 파묻혀있지 않도록 최선을 다하는 거다. 내 개인의 만족을 위해서는, 몇몇 여행기에 서문을 써주고 브르타뉴 지방의 비뇨크Vignoc에 새로 생긴 도서관을 축하하는 소탈하고 유쾌한 개막식에 참석하면서 내게 주어진 얼마 안 되는 자유 시간을 채우는 걸로 충분하다.

계획이 없는 사람은
이미 죽은 것이다

물론 나도 다른 사람과 마찬가지로 어느 정도 이동성을 잃어버리게 될 그런 '은퇴'의 시기로 돌아가야 할 것이다. 하지만 최대한 늦추고 싶다. 지금으로선 시간이 없다. 속을 긁는 유머 때문에 내가 좋아하는 앵글로-색슨 사람들이 말하길, 성숙한 나이란 예전만큼의 일을 할 수 있는데도 되도록 안 하려고 하는 시기라고 한다. 나는 그렇지 않다. 내 커다란 배낭은 '은퇴하게 될' 때를 대비한 엄청난 양의 계획서로 가득 차있다.

　'문턱'을 제외하고 제일 첫 번째 계획은 집 짓는 일을 마무리하는 것이다. 앞으로 부단히 몸을 써야 하리라. 나는 마치 강도를 증가시킨 콘크리트처럼 그 집과 굳건한 정서적 관계를 맺고 있다. 다니엘과 나는 아이들을 보호할 수 있는 집을 원했다. 우슈 지방의 폐허지를 사들이기로 계약한 날, 우리는 첫 번째 집을 구상했다. 십여 년 전부터 비어 있던 그곳은 천천히 망가져가고 있었다. 벽과 지붕의 일부분이 무너져내린 상태였다. 나는 그곳의 벽돌 하나, 슬레이트 하나, 포석 하나, 들보 하나까지 모두 알고 있다. 그것을 올리고 고쳐놓은 사람이 주로 나였기 때문이다. 나는 석공이 되기도 하고, 목수가 되기도 하고, 미장이, 기와공, (아주 드물게) 전기 기술자, (약간은) 배관공 등등의 노릇을 두루 했다. 아직 손볼 곳이 좀 남아있긴 하지만 인생과 마찬가지로 집 짓는 일에 완성이라는 게 있을까? 이 대단한 작업 덕에, 나는 모든 종교가 약속하는 천국을 발견할 수 있었다. 이 천국은 아주 현실적인 것이었다. 나는 조금이라도 꿈을 즐기고플 때 이따금씩 그곳에 간다. 독자들에게 그곳 주소를 밝힐 수도 있다. 그곳은 파리 지하철 시청역에 있는 공구 백화점 지하다. 거기엔 집 손보는 걸 좋아하는 사람들, 자신의 가장 기발한 아이디어에 삶을 부여하는 그 못 말리는 몽상가의 천국이 펼쳐진다.

아직 손에 푸른 물이 들지도 않은 초보 정원사인 나도

자연을 존중하면서 환경을 정비하려고 노력한다. 자연은 내 밭 너머로 멋진 숲이 저절로 생겨나게 만든다. 언젠가는 나도 기력이 다할 날이 올 것이기에, 최근 50마력의 트랙터를 한 대 샀다. 기계 작동법과 또 거기에 필요한 도구가 무엇인지 알게 되면, 내가 심은 어리고 연약한 나무를 키우는 데 큰 도움이 될 것이다.

실제로 지난가을 이후, 300그루에 가까운 나무가 우리 집 옆 벌판에 뿌리를 내리는 중이다. 그 나무가 온전히 스스로 자라날 수 있을 때를 기다리며, 나는 몇 년 동안 애지중지 돌볼 것이다. 어느 주말에는 친구들과 그들의 친구까지 초대하여 나무 심기라는 정말 상징적인 행위를 함께하며 커다란 즐거움을 나누었다. 흙 속에 손을 담그며 미래를 함께 만들었다. 내 아이들과 친구들, 그리고 미래의 내 손자·손녀들이 이 나무 그늘 아래서 소풍을 하거나 가을 열매를 딸 것이다. 이곳의 식물은 천천히 자라난다. 우리에겐 인내심이 필요할 것이다. 내 땅은 빈약하고 자갈투성이다. 단단한 바위 틈에서 뿌리 내릴 곳을 좀처럼 찾지 못하는 나무에게, 땅은 매우 인색하다. 하지만 언제나 삶이 승리하는 법이다.

우리 집에는 나의 충실한 동반자 오를레이스가 있다.

이 네 발 달린 친구를 알게 된 건 예순 살 때였다. 내 생일에 우리 식구들은 소파 선물하는 걸로 만족하지 않았다. 그들은 모래 빛이 나는 가는 속눈썹과 장밋빛 코가 달린 작은 털뭉치 하나를 건넸다. 약간 라브라도 피가 섞인 작은 암캐였는데, 태어난 지 얼마 안 되어 소란스러운 사람 무리 속에 떨어져서 그런지 겁에 질려 사방으로 엄마를 찾아다녔다. 잠시 들른 아일랜드 친구가 그 녀석에게 오를레이스('오를라'라고 발음한다)라는 자기 나라의 여자 이름을 붙여주었다. 나는 처음으로 인생에서 동물과 함께 살게 되었다.

소파는 우습게 여겼지만 개에 대해서는 그렇지 않았다. 둘 가운데 하나가 숨을 거둘 때까지 그 녀석이나 나나 족히 15년은 함께할 것이므로, 어떤 규칙이 필요했다. 개는 아무것도 제안할 수 없었기 때문에, 내가 주인이 되고 그 녀석이 애완동물이 되기로 결정했다. 몇 주 간 매일 아침 10분 동안 우리가 지켜야 할 규칙을 말로 했다. 좋아, 안 돼, 앉아, 누워, 이리 와, 여기 있어, 발, 집으로…… 나는 개에게 말하는 법을, 개는 그걸 이해하는 법을 배웠다. 개는 모든 걸 해도 좋았지만 그래도 한계는 있었다. 문 앞에 펼쳐진 2헥타르의 초원은 허락됐지만, 항상 열려있는 정문이나 숲으로 연결된 수많은 울타리를 단 하나라도 넘어가는 건 절대 금지했다.

집안의 커다란 거실에서는 마음대로 쉴 수 있었지만, 방에는 절대 들어갈 수 없었다. 부엌에는 오직 앞다리 두 개만 들어갈 수 있었다. 녀석은 고기나 튀김 냄새가 나면 곧장 부엌 근처로 달려와 오랜 시간을 머물곤 한다. 소파나 의자 위에 뛰어오르는 것 또한 당연히 금지였다.

내가 실크로드로 첫 번째 여행을 떠나게 되어 녀석을 여동생 미셸과 매제 레이몽에게 맡기기 전까지, 우리 짝꿍은 여덟 달 동안 완벽하게 지냈다.

아침마다 방에서 나와 계단을 내려갈 때면, 그 작은 노란 털뭉치는 가만히 너무나 많은 말을 담고 있는 기쁜 표정으로 내게 뛰어오른다. 그 녀석이 그러는 걸 보면, 우리가 몇백 년 동안이나 떨어졌다가 다시 만나게 되어 행복의 절정을 맛보는 듯한 생각이 든다.

오를레이스는 목줄을 해본 적이 없다. 녀석도 그게 필요 없고 나 또한 마찬가지다. 목소리와 손가락을 움직이는 것만으로도 녀석을 내가 원하는 위치에 정확히 불러올 수 있기 때문이다. 시내에 갈 때도, 녀석은 내가 암묵적으로 허락할 때만 제외하고는 인도를 떠나지 않는다. 서로 합의한 게 워낙 잘 지켜져서, 대부분 몸짓과 시선만으로도 충분할 정도다.

녀석이 열 번째 생일을 맞던 때, 오를레이스의 인생에 커다란 비극이 찾아왔다. 또 다른 얼룩무늬 털뭉치 하나가 집안에 나타난 것이다. 머리는 작은데 두 눈이 너무나 커서 꼭 이티영화〈E.T.〉의 사랑스런 외계 생명체 같이 생겼고, 길게 구부러진 콧수염, 몸 안에 모터라도 달렸는지 경사진 언덕을 오르는 트럭처럼 요란한 소리를 내는, 새로운 친구이자 내 애완견의 경쟁자가 된 카데로라는 녀석이었다. 오를레이스는 아마 그 고양이를 덥석 물어버리고 싶었을 것이다. 다만 고양이에 대한 녀석의 용기는 좀 변덕스러웠다. 자기한테서 도망치면 녀석은 과감하게 추격한다. 만약 자기와 맞서면, 또 녀석은 대충 지나간다. 내가 두 녀석을 마주 보게 하자 그 작은 고양이는 털을 곤두세우며 가르랑거렸지만, 개에겐 한 입 거리도 채 되지 않았을 것이다. 하지만 그 먹잇감을 절대 건드려서는 안 된다고 개에게 단호하게 지시했다. 일주일 동안 두 녀석은 각자 거실 양쪽 끝에서 진을 치고 견제했다. 건드리고 싶은 마음과 그럴 수 없다는 현실 사이에서 갈등하는 오를레이스는 아예 고양이를 바라보는 것조차 거부하며 고집스럽게 눈길을 돌렸다. 새로 온 녀석은 개가 보기엔 참을 수 없는 특혜를 누리고 있었다. 계단을 올라갈 수도, 소파와 의자 위에 뛰어오를 수도 있었다. 무엇보다 화가 나는 것은 그 잘난 체하는 녀석이 내 무릎 위에도 올라갈 수 있으며 심지어 거기서 가르랑거리며 잠을 잘 수도 있다는 사실이었을 게다. 카데로가 내 옆으로 다가올 때마다 오를레이스는 급히 달려와 이런 말을 하고 싶어하는 듯했다. 쓰다듬는 건 공평하게 반반씩 하세요. 손이 두 개잖아요.

고양이도 역시 부엌에 들어오는 건 허락되지 않았다. 하지만 어느 순간 몸을 돌려보면 녀석은 아슬아슬하게 한계를 넘었다. 그 녀석에게 세세한 것까지 훈련시키는 건 이제 와서 가망이 없는 일이었다. 그래도 제일 중요한 핵심 단어, "안 돼"라는 말을 빨리 배운 건 다행스럽다. 사람들은 이제 이해할 수 있을 것이다. 만약 내 일정에 빈틈이 생기더라도, 이 개인 동물원이 그 시간을 기꺼이 메워줄 거라고.

최근 몇 년 동안, 나는 내가 전처럼 튼튼하지 않다는 사실을 깨달았다. 몽블랑 여행의 고통스러운 경험이 그것을 말해준다. 오래전부터 유럽에서 가장 높은 그곳에 가보는 것은 나의 꿈이었다. 나는 산악인이 아니다. 알프스에 발을 들여놓은 것은 아이들과 몇 차례 짧게 다녀와본 것, 그리고 가끔 겨울 스포츠를 하러 가서 묵었던 것이 전부다. 게다가 난 스키 실력도 중간 정도였다. 하지만 아시아에서 거둔

'성과'로 인해 좀 거만해져 있었던 게 분명하다.

세계 각 대륙에서 가장 높은 곳을 모두 등반하는 쾌거를 이룬 프랑스 최고의 가이드 장-피에르 프랑숑을 만난 적이 있었다. 내가 먼저 말을 꺼냈다. "혹시 나를 몽블랑 정상까지 데려다줄 수 없겠나? 오래전부터 꿈꿔오던 일이라서 말이야." 장-피에르는 즉시 승낙했다. 나는 산을 좋아하는 주위 사람에게 그 계획에 대해 얘기했고, 2004년 9월에 클로드, 미셸 그리고 또 다른 클로드, 이렇게 세 친구와 두 팀의 등반대를 조직했다. 그중 내가 속한 팀을 장-피에르가 이끌었다.

예전에 우리는 작은 능선을 몇 차례 거뜬히 오르내리곤 했었다. 그러니 무엇 때문에 걱정한단 말인가? 모두 운동을 좋아하고 낙천적인 사람들이었다. 등반은 산책이랑 별다를 거 없으리라. "특히 자네한테는!" 내가 했던 아시아 여행을 근거로 장-피에르가 나를 추켜올렸지만, 그는 내가 지난 2년 동안 시간이 없어서 한 번도 제대로 걸어본 적이 없었다는 사실을 모르고 있었다.

모험의 첫 단계는 별 문제 없이 진행되었고, 밤이 되어 우리는 구테에 있는 산장에서 잠깐 눈을 붙였다. 새벽 3시쯤 어둡고 차가운 밖으로 나와, 나는 좀 자신이 없으면서도

장-피에르와 클로드 사이에 끼여 등반을 감행했다. 금방 추위가 느껴졌다. 손과 발에 피가 잘 돌지 않아 고통스러웠다. 날이 밝아올 때쯤 되자, 나는 이미 손가락 끝에 감각을 느끼지 못하는 상태였다. 나의 두 친구들이 동료애를 발휘하여 그들의 등반 재킷을 열어주었고 나는 그 안에 손을 집어넣고 덥혀보려고 애썼다. 그때 실수로 헤드 랜턴을 떨어뜨리고 말았다. 장-피에르가 자신이 에베레스트를 등반했을 때 사용했던 거라며 신경써달라고 부탁하면서 내게 빌려줬던 것이었다. 우리는 그 랜턴이 원 형태를 이루며 굴러 내려가는 것을 그저 보고만 있었다. 한 번 구를 때마다 여명의 빛 속에서 번쩍거리더니, 좁은 틈 속에서 멈추고 말았다…… 영원히 잃어버린 것이다.

그 이후의 일은 정말 악몽 같았다. 산소가 부족해서 질식할 지경인데다 다리까지 무거워져서 나는 정말 죽을힘을 다한 후에야 간신히 정상에 다다를 수 있었다. 나 때문에 내 친구 클로드의 오랜 꿈인 이번 등반이 수포로 돌아가게 할 수는 없다는 생각에 이를 악물지 않았더라면, 아마 중간에 포기해버렸을 것이다. 하지만 내게 남아있던 약간의 자존심과 로프를 끌어올려준 장-피에르 덕분에 결국 정상까지 갈 수 있었다.

올라가기도 힘들었지만 내려가는 일은 정말 지옥 같았다. 우리는 니데글에 가기 위해 구테의 산장에서 멈췄다. 니데글에서 톱니 달린 기차를 타면 계곡까지 갈 수 있었다. 거의 탈진하기 직전의 무거운 다리를 이끌고 니데글에 갔더니 기차가 고장이라는 소식을 들었다. 걸어서 내려가야 했다.

다음 날 아침, 나는 양쪽 무릎에 가벼운 통증을 느꼈다. 그 후 며칠이 지나면서 고통은 더욱 심해졌다. 사람들이 두 곳의 관절에 건염이 생긴 것 같다고 진단했다. 나의 신체 기관은 우수한 저항 능력이 필요한 격렬하고 짧은 운동보다는 지구력이 필요한 느리고 긴 운동에 더 잘 적응한다는 사실을, 그때 경험을 통해 알았다. 그 후 2년 동안, 나는 뛰는 건 물론 걷는 것도 할 수 없었다. 시간이 나면 목요일 저녁마다 '베이스'를 담당하는 합창단에 즐거운 마음으로 가곤 하지만, 그 많은 도보여행자 친구들과 함께 더 자주 걸을 수 없는 것이 원망스럽다.

결국 거의 3년 동안이나 강제로 쉰 후 2007년 말부터, 나는 걷는 능력을 유지하기 위해 아침마다 조금씩 다시 산책을 시작했다. 신체기관이 녹슬게 내버려둘 수는 없는 노릇이다.

나는 또한 몇 가지 여행 계획을 세워놓았다. 작년 여름 도도하고 변덕스럽고 때론 난폭한 어떤 강을 원류에서부터 바다로 흘러들어가는 입구까지 걸어서 따라 내려가볼 생각이었다. 하지만 '문턱'에 다소 어려운 일이 있었고 또 막내아들이 결혼 때문에 한국에서 돌아오는 바람에 일정을 변경해야만 했다. 아마도 그것은 내년 여름, 내가 일흔 살이 되는 걸 축하하는 일종의 기념 여행이 될 것이다.

사실 그렇게 대단한 일도 아니다. 야나기사와 가쓰스케柳沢勝輔가 이룩한 쾌거와는 비교도 되지 않을 것이기 때문이다. 일본 나고야 출신인 이 교육자는, 일흔한 살이 되던 2007년 5월 22일 뉴질랜드 팀과 일본 팀과 함께 티베트 루트로 에베레스트를 등반했다. 그는 같은 나라 출신의 등반가가 세운 기록을 깼는데, 바로 전년도에 세계의 지붕인 8848미터까지 어떤 탈것의 도움도 받지 않고 올라갔던 아라야마 다카오荒山孝郎는 일흔 살이었던 것이다. 베이징 출신의 백세 살 할머니 차오쥐성은 두말할 필요도 없다. 올림픽에 참가할 수 있는 몸을 유지하기 위해, 할머니는 세 달 전부터 지팡이의 도움을 받아가며 매일 300미터씩 걷는 훈련을 해왔다. 사실 이 할머니에게는 중요한 임무가 있었다. 2008년 베이징 올림픽 개막식의 마지막 성화 주자로서 최후의 몇 미터를 달려야 했기 때문이다. 하지만 결국 올림픽 당국은 그 할머니보다는 전형적인 노동자를 선택했다. 유감스러운 일이다. 할머니 또한 그 노동자와는 다른 의미에서 멋진 본보기가 될 수 있었을 텐데.

그나저나 고비 사막을 걸으면서 처음 몇 줄을 써놓았던 소설은 언제 다시 시작할 수 있을까? '세상을 자기 손 안에 쥔 로사의 이야기', 나도 제목이 좀 길다는 건 알지만 마음에 든다. 로사는 내가 자기를 신경 써줄 시간이 생기기를 기다리고 있다. 내가 친구들에게 첫 부분을 읽게 했더니 비교적 반응이 좋은 편이었다. 출판을 하자는, 또 영화로 만들자는 제안까지 받았으니. 하지만 은퇴 생활의 특권이라고나 할까, 나는 바쁠 게 없다. 로사는 아직 세상에 모습을 드러낼 준비가 되지 않았기 때문이다. 아직 좀 더 그녀에 대해 알아야 하고, 그녀의 은밀한 생활 속에 좀 더 들어가 봐야 하고, 동네 마초의 어리석음과 폭력에 휩싸인 이 19세기 여인의 생각을 꿰뚫어봐야 한다. 다시 만날 날을 기다리며, 그녀는 초안만 잡아놓은, 혹은 그냥 태워버릴 예정인 다른 글과 함께 책장에 잠들어있다. '문턱'에 대한 다큐멘터리와 청소년에 대한 영화 시나리오도 천천히 무르익는 중이다.

상자들 안에는 나의 수집 목록 '1호'도 들어있다. 나는 신문이나 잡지에 처음 쓴 기사들을 몇 년째 보관해왔다. 언젠가—되도록 늦으면 좋겠지만—내가 은퇴하게 되면 그것들로 내 방을 도배할 생각이다. 그러면 나는 침대에 누워서 내 직장 생활의 역사를 차례로 돌아볼 수 있을 것이며, 한 '신참'의 모험 속에 함께 뛰어들었던 동료를 다시 떠올릴 수 있을 것이다.

나 또한 열정을 갖고, 위험을 무릅쓰며 뛰어든 일이었다. 재산이란 게 별로 없긴 했지만, 그나마 적은 돈을 모아 파리의 17구, 18구, 19구를 돌며 작은 정보지를 만들었다가 파산하고 말았다. 지방 사람과 마찬가지로 파리 사람도 자기 가까운 곳에서 일어나는 일에 대한 정보가 있어야 살 수 있을 거라고 확신했다. 나에게 '지역'이란 기자라는 직업의 정수였다. 또한 민주주의의 기본이 되는 도구이기도 했다.

내가 만든 신문의 이름은 '이른 아침'이었다. 나는 반은 월급을 받고 반은 자원봉사인 팀과 함께 3년 동안 신문을 팔에 끼고 다녔다. 아내도 주위에 열심히 신문을 돌렸다. 자금은 보상금을 받은 것으로 충당했다. 파리 지역에 팩스로 신문을 전송하려던 나의 계획—지금도 사용되고 있다—을 누군가 '훔쳤기' 때문이다. 한 주요 신문이 나의 노

력을 대신해서 〈이른 아침〉의 경험을 파리 전역과 근교로
까지 넓히는 작업에 참여하고자 했다. 하지만 독자의 관심
과 이 계획의 타당성을 보여주는 수치를 갖고 다시 그들을
찾아갔을 때, 문제의 그 신문사는 생각을 바꾸었다. 그들은
단지 말로만 참여를 약속했기 때문에, 초라한 사업가인 나
는 꿈을 접어야 했고 우리 팀도 사라져버리고 말았다.

새로운 신문의 1면에는 얼마나 많은 꿈이 있었던가! 특
종과 차별된 정보와 특별한 의견과 진정으로 만나고자 했
던 그 희망들! 미래의 신문을 위해 편집회의를 하면서 우리
팀이 느꼈던 설렘을, 나는 수차례 되새겨보곤 했다. 그리고
밤새 열정적으로 창간호를 마감한 후 새벽에 일어나 그 갓
난아이가 어떻게 생겼는지 보려고 가판대로 달려갔을 때의
벅찬 감동이란!

슬프게도 나는 초기 신문과 마지막 신문만을 간직하고
있다. 가장 가슴 아픈 것은 아마도 〈전투〉지일 것이다. 윤
전기가 신문을 찍어냈던 그 마지막 판본을, 나는 거의 종교
적인 마음으로 간직하고 있다. 나는 우울한 마지막 사설,
'조용, 우리는 침몰한다'를 쓰는 슬픈 특권을 부여받았다.
신문이란, 사람과 마찬가지로 태어났다가 죽는다. 그건 나
이의 문제가 아니라, 함께 나누었건 실망했건 열정의 문제

일 뿐이다.

계획이 없는 사람은 이미 죽은 것이다. 비록 그가 모든 계획을 실현하지는 못할지라도. 내가 심은 떡갈나무가 탁자로 만들어질 만큼 충분히 자라려면 300년은 기다려야 한다. 아마도 나는 그 일을 내 손자와 손녀에게, 또 그들의 아이들에게 맡겨야 할 것이다. 다른 계획들로 말하자면, 그것들이 빛을 보느냐 못 보느냐 하는 건 중요하지 않다. 다행히도 하루하루가 너무 짧다고 생각하며 내가 살아갈 수 있도록 도움을 줄 것이기 때문이다.

또 다른 문을 열며

그리고 그다음은?

그렇다…… 그다음은? 좋은 질문이지만 현재로서는 난 별로 대답할 게 없다. 뛰는 것도, 도는 것도 잘했던 프레드 아스테어Fred Astaire, 1899~1987. 미국의 가수가 아주 좋은 말을 했다. "노년이란, 노년을 제외한 모든 것과 비슷하다. 잘 늙으려면 일찍부터 시작해야 한다." 어쨌거나 난 아직도 실크로드에서의 흥분 속에 있다.

인생은 예순에 시작하지만 그렇게 빨리 멈추는 것도 아니다. 1917년 5월 1일 생인 다니엘 다리외는 으레 일을 그만둬야 하는 시기에 놀라운 젊음을 과시한 바 있다. 그는 여든다섯 살에도 승승장구했으며 몇 달 사이에 〈페르세폴리스〉, 〈0시〉, 〈바보〉 같은 영화의 자막에 이름을 올렸다. 바로 얼마 전에도, 일찍이 80번의 봄을 훌쩍 넘긴 앙리 살바도르Henri Salvador, 1971~2008. 프랑스의 가수가 '겨울 정원'이라는 제목의, 놀라울 정도로 생기 넘치는 새 음반을 내놓았다. 당대 가장 아름다운 여배우였던 잔 모로가 세월의 무게에도 불구하고 왜 아직도 스크린을 가득 메우는지는 굳이 묻지 않아도 알 수 있다. 배역을 맡는다는 건 나이의 문제가 아니라 재능의 문제이기 때문이다.

보통 일을 그만두게 되는 나이에 나는 글을 쓰기 시작했지만, 나 혼자만 그런 것은 아니다. 가장 뛰어난 여성문학 중 하나인 《서점》(프랑스에서는 '로리타 사건'이라는 제목으로 출간되었다)은 영국 소설가 피넬로피 피츠제럴드Penelope Fitzgerald가 예순이 넘어서 쓴 작품이다. 여기서 일일이 언급할 수 없을 정도로, 예로 들 작가는 너무나 많다.

행동이란 우선 에너지의 문제다. 일흔인 지금 나는 분명 좀 더 늙었을 테지만 '은퇴할' 준비는 전혀 되어있지 않다. 지금부터 십 년 전 콤포스텔라로 향하며, 지난 60년간의 내 인생을 돌아본 바 있다. 이제 나는 그 후의 십 년에 대해 질문을 던진다. 그 십 년 동안 나는 무엇을 했던가? 다른 사람을 위해, 또 나 자신을 위해 어떤 결과를 얻을 수 있었던가? 어떤 실수를 했으며, 어떤 성공을 거두었던가? '도움 되는' 삶을 살자는 나의 목표는 달성되었던가? 은퇴자로서 더 이상 새로운 무언가를 발견할 수도 없게 되어 내가 흔들의자에 앉아 몸을 흔들며 되새겨볼 때, 오직 내 자신만이 책임져야 하는 삶의 이 마지막 단계는 내게 후회를 안겨줄 것인가, 혹은 행복을 느끼게 해줄 것인가? 한마디로 말해서, 십 년 혹은 50년 전보다 지금의 내가 더 나아졌을까? 어쨌거나 하나 확실한 건, 내 모든 모험이(도보여행, 글쓰기, '문턱') 각자 자기 몫의 혜택을, 그리고 대부분 내가 극복해낼 수 있었던 어려움을 가져다주었다는 사실이다.

자기 자신만 돌보는 건 별 재미가 없고 다른 사람을 돌보는 게 정말 열광되는 일이라는 사실을, 점점 더 확신하게 된다. 특히나 운명이 딴죽을 걸어서 넘어졌는데 혼자 일어서지 못하는 사람을 돌보는 건 더욱 그러하다. 얼마 전 과거 노숙자였던 어떤 사람이 엠마우스 공동체프랑스 및 범세계적으로 사회·경제적으로 소외된 사람들을 돕기 위해 1953년 피에르 신부가 세운 단체와 제4 세계 ATD아프리카, 북미, 남미, 아시아, 유럽 등의 극빈국민을 사회·경제적으로 돕기 위해 1957년 조제프 브레진스키 신부가 세운 단체 대원의 도움으로 어려움에서 벗어날 수 있었다는 얘길 들은 적이 있다. 그는 말했다. "혼자 헤쳐 나오는 건 불가능한 일이다." 어른도 불가능한데, 하물며 청소년은 어떻겠는가?

혼자 헤쳐 나온다…… 개인주의의 어지러운 내리막 쪽으로 천천히 미끄러져가는 서양 사회에서, 많은 사람은 그게 가능하다고 생각한다. 그건 정말 환상일 뿐이다! 프랑스 공공건물의 현관에 씌어있는 '형제애'라는 단어는, 특히나 젊은 세대에게는 다소 추상적인 말이다. 친구가 없는 시대에, 형제애는 돈을 주고 살 수 있는 것이 되어버렸기 때문이다. 인생의 모든 상처로부터 우리를 보호해준다는 수많은 보험증서가 그것이다. 그러나 영혼의 상처는 보호해주지 못한다.

노인은 주변의 이기주의를 책임지는 사람이 되어서는 안 된다. 무엇보다 그들은 인생 경험을 통해 각자 자기 것만 챙기는 게 얼마나 헛된지 느꼈기 때문이다. 그들은 그걸 알고 있지만 단지 낮은 목소리로 말할 뿐이다. 그들의 목소리에 무게가 실려야 한다. 하지만 현실은 그렇지 못한 게 사실이다. '노인'이라는 말의 가치가 폄하되고 '시니어'의 역할이 그저 마케팅이나 정치에 이용되는 말로 쓰이기 때문이다. 이를 예견한 미셸 세르Michel Serres, 《헤르메스》, 《천사들의 전설》 등을 집필한

---

* 프랑스 인터뉴스. 2007년 10월 세계 빈곤 퇴치의 날.

프랑스의 현대 철학자는, 내가 《나는 걷는다》에서도 언급했던 바와 같이 이 문제에 대해 한 인터뷰에서 이렇게 말했다. "아마도 우리가 가장 귀 기울여야 할 사람들은 그들일 것이다. (……) 그들의 목소리가 들릴 수 있게만 하면 된다. (……) 나이 든 사람들은, 나날이 추해지는 세상에 조금이라도 아름다움이 되돌아오게 할 수 있는 모든 카드를 손에 쥐고 있다."

그렇다. 노인들은 모든 카드를 손에 쥐고 있다. 그들 스스로 그걸 인식해야 한다. 이 책을 내는 단 하나의 목적이 있다면, 아마도 그것일 것이다. 문제의 그 카드는, 재선再選이 어려워진 '제3 세대'들이 드나드는 클럽에서 서로 악착같이 달려드는 놀이에 쓰이는 그런 카드가 아니다. 행복한 소비자, 혹은 온순한 유권자 역할을 하며 그저 입을 다물고 있을 수는 없는 일이다. 스페인 남쪽에 건설된 '노인 공원'에 강제수용되듯 그냥 틀어박힐 수도 없으며, 돈 많고 순진하고 착한 유권자인 은퇴자에게 몰려드는 마케팅 고수들에게 이용당할 수는 없는 일이다.

만약 우리 노인이 그런 역할 속에 갇혀 안주한다면, '세대 간의 전쟁'이라는 주장이 이득을 볼 것이다. 브라상 George Brassens, 1921~1981. 프랑스의 샹송 가수이 말했던, 어리석은 노인네와 어리석은 젊은이 간의 싸움 말이다. 어리석은 노인은 자신의 특권과 은퇴 수당을 늘리기 위해 나이의 무게를 사용할 것이다. 어리석은 젊은이는 자기들이 투자한 배당금을 얻어낼 가망이 점점 멀어지면서 돈 내는 걸 거부할 것이다. 나는 차라리 '작은 다리'를 만들 것을 제안한다. 이러한 연대의 통로는, 시간과 지혜를 갖춘 우리가 인간과 세대 사이에 만들 수 있다. 살아온 시간과 60년의 경험을 통해 배운 선배들이 좀 더 연대의 정신을 가지고 있기 때문이다. 비록 이기적이고 심술궂은 '아저씨' 혹은 '아줌마'들이 더러 있긴 하지만 말이다.

무언가를 기부한다는 게 무엇보다 자기 자신에게 주는 선물이라는 걸 이해하는 데는 아마도 평생이 걸릴지 모른다. '게으른' 우리는 그걸 통해 자신으로부터나 타인으로부터 존중 받게 되고 뭔가를 만들어낸다는 행복을 느끼게 된다. 그건 이미 알고 있는 사실이다. 은퇴자들은 매년 9억 800만 시간을 기부한다.* 기부는 아마도 완벽한 평등이 이루어지는 유일한 영역일 것이다. 은퇴한 상원의원이건 은퇴

---

* 옥스퍼드 대학과 HSBC 주관으로 옥스퍼드 노화 연구소가 21개국을 대상으로 진행한 연간 연구서. 60~69세 노인은 하루 4~5시간, 70~79세 노인은 하루 3~6시간을 할애한다.

한 토목공이건, 혹은 백만장자건 세금 공무원이건 간에, 그들이 각자 할애한 시간에 무슨 차이가 있겠는가? 스타니스와프 톰키에비치Stanislaw Tomkiewicz가 얘기하듯,[*] '애정을 담아 최대한 기부'를 실천해야 한다. 우리 안에 잠재된 애정은 결코 마르지 않는 법이다. 주위에 만연한 "내가 너한테 주면 넌 나한테 뭘 줄래……" 식의 돈벌이 지상주의와는 전혀 다른 것이다.

하지만 어떤 연구에 따르면 단체 활동에 참여하는 은퇴자는 23퍼센트밖에 되지 않는다고 한다.[**] 직장에 다니는 자원봉사자가 다수를 이룬다니, 더욱 놀랄 만한 일이다. 점점 더 요구가 많아지는 생산 시스템에 쪼들리면서도, 그들은 여가 시간을 마음대로 조절하며 사용할 수 있는 시니어보다 단체 활동에 더 많은 시간을 할애하는 것이다.

대다수의 은퇴자는 자신들이 잘 아는 영역에 시간을 투자한다. 그래서 가장 큰 은퇴자 단체는 농촌 노인클럽 연합des Aînés ruraux—74만 명의 회원—인데, 이름이 시사하듯 노

---

[*] 《시시한 이야기들》, 플리 출판사, 2003.
[**] 프랑스 자원봉사협회와 CERPHI(박애주의 연구 및 추구 센터) 연구 결과.

인에게 주어진 문화적 공백을 메울 목적으로 시골에 모여있다. 많은 단체가 우수한 기술적 잠재 능력을 지닌 개인으로 구성되어, 은퇴할 때가 되면 자신의 지식을 전문 분야와 경쟁하지 않는 선에서 다른 나라나 기관에 제공하고자 한다.

주는 것만이 다가 아니다. 그건 연장자가 세상 속에서 활동하는 한 예일 뿐이다. 느림이야말로 현대의 삶이 모두에게 강요하는 끔찍한 압박을 치료하는 가장 좋은 해독제라는 사실을, 그들은 알고 있다. 비록 세상과 헤어져야 할 시간이 가혹할 정도로 얼마 남지 않았지만, 그들은 느림의 행복을 알고 있다. 나이 든 신자들이 영원을 준비해야 한다는 건 납득할 만한 일이다. 나도 거기에 대해 전혀 반대하지는 않지만, 그래도 현재나 살아있는 사람에게 조금만 자리를 내주자. 나이 든 사람의 말에 귀를 기울인다면, 사람들이 요구하는 그런 빠른 속도로 인류가 벽을 향해 돌진하는 일은 없을 것이다. 또한 노인들도 자신이 지닌 힘을 스스로 수용하고 인식해야 할 것이다. 서양 사회가 가두어놓은 게토ghetto로부터, 그들은 나와야만 한다. '늙음'이 왜 경멸스러운 표현이어야 하며, '젊음'은 왜 좋은 것이 모두 포함된 긍정적 표현인가? '젊음'은 '아름다움'의 동의어가 아니며, '늙음'은 '추함'의 동의어가 아니다. 진정한 아름다움에 대해 아무

것도 모르면서 영혼의 소리를 듣지 못하는 사람만 그렇게 생각할 것이다. 성숙한 사회에서 노인은 각자 자신의 자리를 지켜야 한다. 물론 그것이 모든 자리를 지켜야 한다는 걸 의미하지는 않는다.

예순 살은 삶이라는 연회에서 후식을 먹는 시간이다. 인간 존재가 만들어내는 불꽃놀이의 마지막 마무리다. 그동안 받았던 상처를 아물게 하고 스스로 획득한, 혹은 얻은 행복을 음미하는 데 그렇게도 긴 여정이 필요했다. 예순 살, 새로운 삶이 우리 앞에 열린다. 그것을 가능한 한 제일 좋은 방법으로 채우도록 하자. 미래가 우리의 것이며 우리는 그것을 아주 미세한 부분까지 미식가처럼 맛보게 되리라. 우리가 시간의 동굴 속으로 물러나게 될 때, '은퇴'라는 말도 천천히 보듬을 시간이 올 것이다. 내 젊은 시절의 우상이었고 반ﬥ순응주의의 교사였던 브라상이 던진 아름다운 질문의 답을, 내게서 찾지는 말아주길 바란다. "내 관을 짤 떡갈나무 혹은 전나무는 / 아직도 서있을까?" 나는 얼마 전에야 떡갈나무, 너도밤나무, 벚나무, 또 전나무 몇 그루를 심었다. 세기가 두 번, 혹은 세 번이 지난 후에야 그 나무들을 자를 수 있을 것이다.

지금부터 그때까지, 내겐 충분히 생각할 시간이 있다.

'문턱'(쇠이유SEUIL 협회)

'문턱'은 아동 사회보조 또는 법무부(청소년에 대한 사법적 보호조치 기구)의 지방 사무소와 협조하여 활동한다. 감금될 처지에 놓인 젊은이는 감옥이나 교육적 감금 보호 센터에 들어가는 대신 도보여행을 완수할 수 있다. 이러한 걷기 프로그램은, 전통적인 틀 안에서 자신의 불행에 대한 해결책을 찾는 데 어려움을 겪는 젊은이에게도 예방 차원에서 제시된다.

주소	31, rue Planchat 75020 Paris, France
전화	33 – (0)1 – 44 – 27 – 09 – 88
팩스	33 – (0)1 – 40 – 46 – 01 – 97
이메일	assoseuil@wanadoo.fr
웹사이트	http://www.assoseuil.org

떠나든, 머물든

베르나르 올리비에의 특별한 은퇴 이야기

1판 1쇄 펴냄 2009년 11월 30일
1판 3쇄 펴냄 2016년 3월 31일

지은이 베르나르 올리비에
옮긴이 임수현

펴낸이 송영만
펴낸곳 효형출판
주소 413-756 경기도 파주시 회동길 125-11(파주출판도시)
전화 031 955 7600
팩스 031 955 7610
웹사이트 www.hyohyung.co.kr
이메일 info@hyohyung.co.kr
등록 1994년 9월 16일 제406-2003-031호

ISBN 978-89-5872-086-7 03860

값 12,000원